뉴욕에서
간호사로
살아보기

뉴욕에서 간호사로 살아보기

초판인쇄 2019년 8월 9일
초판발행 2019년 8월 9일

지은이 김선호
펴낸이 채종준
기 획 조가연
편 집 조가연 · 박지은
디자인 서혜선
마케팅 문선영

펴낸곳 한국학술정보(주)
주 소 경기도 파주시 회동길 230(문발동)
전 화 031-908-3181(대표)
팩 스 031-908-3189
홈페이지 http://ebook.kstudy.com
E-mail 출판사업부 publish@kstudy.com
등 록 제일산-115호(2000. 6. 19)

ISBN 978-89-268-8869-8 03810

뉴욕에서
간호사로
살아보기

미국 간호사 도전기
누군가에겐 또 하나의 꿈이 될

김선호 지음

프롤로그

나에게 뉴욕은 그저 미국에 위치한 세계 3대 도시나 세계 문화 수
도 정도가 아니라 더 큰 세상이었다. 세계 곳곳에서 모여드는 사람
들이 뒤섞여 화합하고, 그 안에서 자기만의 역량으로 경쟁하며 성
장할 수 있는 세상. 지금까지 내가 갖고 있던 모든 패러다임을 완전
히 바꿔줄 또 다른 '세계'나 마찬가지였다. 간호사가 되고 난 뒤, 언
젠가 뉴욕에서 일하겠다는 막연한 꿈을 구체적인 실행에 옮기게 된
데는 한국에서 간호사로 살아가는 삶이 행복하지 않았던 이유도 있
었다.

낯선 이국땅에 도착한 날부터 기쁨과 두려움이 교차했고, 미국이
이민자의 나라임에도 불구하고 동양인에 대한 차별을 경험하기도
했다. 예상치 못한 어려움도 있었지만 뉴욕 역시 사람 사는 곳이었
다. 따뜻하게 먼저 마음을 열어준 사람도 있었고 사람에게 받은 상
처가 또 사람으로 인해 치유되기도 했다.

그렇게 몇 년 동안 머물며 익숙한 듯 익숙해지지 않는 뉴욕의 일상
속에서 '이곳이 바로 뉴욕이구나'라고 실감하는 건 버스에 올라타

맨해튼 거리를 통과할 때만이 아니었다. 간호사를 전문가로 인정하고 그에 맞게 대우하는 미국의 병원 문화를 느낄 때 그리고 삶의 여유와 휴식을 중요시하며 타자의 삶을 존중하는 뉴욕의 문화를 접할 때면 한국을 떠나왔음을 실감하게 되었다.

뉴욕에서 간호사로 살아보기 위해 준비해야 할 것들 중 가장 필요한 것은 마음이 아닐까? 누구든 마음만 먹으면 얼마든지 가능하리라 생각한다. 이곳 뉴욕의 병동엔 여러 나라에서 온 간호사들이 있다. 출신보다는 실력이 중요하고, 의외로 영어 실력은 서툴러도 무방하다. 그러니 모두가 한 가지 환경에 얽매이지 말고 더 넓은 세상을 보고, 두려워 말고 당당히 도전해 보았으면 한다.

간호사 후배들과 간호사를 꿈꾸는 사람들이 좀 더 넓은 시야를 가지고 세계를 향해 도전해 봤으면 하는 마음으로 이 책을 썼다. 『뉴욕에서 간호사로 살아보기』를 통해 자신의 전문성을 드넓은 세계에서 한번쯤 시험해 보고 싶은 마음이 든다면 저자로서 더할 나위 없이 기쁠 것 같다.

목 차

CHAPTER 3
뉴요커 간호사로 거듭나다

CHAPTER 4
파란만장 자코비 메디컬 센터

CHAPTER 5
뉴욕에선 모든 것이 신세계

CHAPTER 1

나는 뉴욕에서 일하는 간호사다

브롱스의 새벽을
가르는 출근길

뭔가 느낌이 이상하다. 알람 울릴 때가 되지 않았나?

"벌써 6시라니, 늦었어!"

지난밤, 같은 병원에서 일하는 한국 간호사들끼리 모임을 갖고 늦게 귀가했다. 허드슨 강 앞에서 바비큐를 먹고 오랜만에 맥주까지 몇 잔 마셨더니 몸이 물먹은 솜처럼 퍼져버렸다. 허겁지겁 일어나서 이틀 전에 세탁해 놓은 에메랄드빛 유니폼을 주섬주섬 입고 화장실로 달려갔다. 5일 만의 출근인데 간밤에 너무 무리했다는 생각에 후회가 밀려왔다. 미국 병원의 병동 근무는 대개 일주일에 3~4일 출근이 기본이다. 가령 일요일부터 화요일까지 근무하고 다음 주 근무를 목, 금, 토로 잡으면 최대 8일까지 쉴 수 있는 것이다. 덕분에 친구들과 4박 5일 동안 캐나다로 여행을 다녀오기도 했다.

내가 일하고 있는 병원은 집에서 30~40분 떨어진 곳에 있었다. 눈을 뜨자마자 기초화장만 대충한 채 버스를 타러 갔다. 사복을 입고 출근해서 병원에서 유니폼으로 갈아입는 한국과 달리 미국 간호사들은 유니폼을 입은 채 출퇴근한다. 일상적으로 입고 거리를 활보할 만큼 간호사들의 유니폼과 차림새도 각양각색이다. 한국은 소속을 중요시하는 문화인 만큼 유니폼 착용에 엄격한 편이지만, 미국에서 병원 간호사는 프리랜서로 인식하는 경향이 강하기 때문에 규제가 엄격하지 않은 편이다. 한국에서 간호사로 근무하던 시절엔 후줄근하게 입고 다닌다고 사수에게 호된 지적을 받은 적이 있다. 대형 병원 간호사로서 체면을 생각하라는 것이다. 아무것도 모르는 신입 시절, 안 그래도 초과 근무로 기진맥진한 상태인데 행색까지 신경 쓰라고 하니 억울하기도 했다. 한국과 비교하면 권위를 내세우지 않는 미국 병원의 근무환경은 무척 좋은 편이었다. 병원에선 유니폼의 색만 정해주고, 본인들이 알아서 구입하면 된다. 나는 아마존에서 구입했는데 미국과 한국은 사이즈가 많이 달라서 한국에서 입던 사이즈보다 한 치수 작게 구입하는 것이 좋다.

새벽을 여는 청소부들과 집집마다 간간히 불빛이 켜져 있는 부엌 풍경이 눈에 들어온다. 내가 살았던 브롱스(Bronx)는 흑인들과 라틴계 사람들이 모여 사는 동네이다 보니 한밤중엔 여자 혼자 다니기 조금 무서울 때도 있다. 비행기로 14시간 떨어진 미국이지만 새벽 풍경은 한국과 별반 다를 것이 없다. 다만 뉴욕의 버스는 우리나라 버스보다 길이가 두 배는 긴 것 같다. 커브를 돌 때마다 좌우로 몸이 쏠릴 정도다. 새벽에는 버스에 사람이 많지 않지만, 꾸벅이며 졸고 있는 사람들 틈에 한 덩치 하는 아시아계 여자가 앉아 있으니 올라타는 사람들마다 한 번씩 쳐다보는 게 느껴졌다. 불편하거나 무섭지는 않았다. 어릴 적 한국에서 내가 외국인을 볼 때 느꼈던 것처럼 그들에게도 동양인 여자가 낯설 뿐이다.

자리에 앉자마자 잠이 쏟아졌다. 졸린 눈을 감았다 떴다 하다 보니 벌써 갈아타야 할 정거장이었다. 흘러내린 침을 훔치면서 얼른 버스에서 내렸다. 환승버스에 올라타서 앉아 있는데 검표원들이 정거장에 버스를 세워 놓고 티켓 영수증을 확인하기 시작했다. 그때 버스 뒷자리에 앉아 있던 20대 흑인 남자가 열린 문으로 줄행랑을 쳤다. 덩치 큰 검표원들이 남자를 쫓았고, 잠시 후 도망친 남자가 몇 명의 남자들에게 둘러싸인 채로 실랑이를 벌였다. 뉴욕에 온 지 얼마 안 된 한국 사람들 중에는 한 달 무제한 버스 티켓을 가지고 있음에도 불구하고 기계 사용법을 몰라 버스에 그냥 승차하는 경우가 있다 (버스 타기 전에 기계에서 영수증을 출력한 후 탑승해야 하는 것이 한국과 다르다). 하필 그때 검표원이 티켓 검사를 하면 무임승차한 것으로 오해를 받는 것이다. 영어가 안 되면 꼼짝없이 난처한 상황에 빠지게 된다. 버스는 이들을 뒤로한 채 다음 행선지를 향해 달렸다. 세상의 중심이라 불릴 만큼 뉴욕은 수많은 사람들이 모여 사는 곳이다. 바쁘고 소란스럽고 정신없는 이 도시에서 이 정도의 사건은 그냥 일상이다.

여기서 두 정거장만 더 가면 녹색 평지와 뻥 뚫린 하늘이 펼쳐진다. 멀리 나지막한 언덕 위로 솟아오른 빌딩 중에 'Jacobi Medical Center'라고 적힌 빌딩이 내가 일하는 직장이다. 봄과 여름이면 병원 앞 언덕에선 타조만 한 새들이 무리 지어 노닌다. 한국에서 본 적 없던 크기여서 처음에는 겁을 집어먹기도 했지만, 계절마다 어김없이 찾아오는 덩치 큰 철새들에 익숙해지는 데는 그리 오랜 시간이 걸리지 않았다.

다행히 늦지 않게 6시 45분쯤 버스에서 내렸다. 빌딩 정문으로 들어가 경찰복을 입은 보안 요원에게 목에 걸린 사원증을 보여주어야 건물 안으로 들어갈 수 있다. 뉴욕에서는 총기 소지를 허용하고 있기 때문에 병원에서 경비의 역할은 무척이나 중요하다. 병동에 들어가기 전 2층에 있는 오봉팽(au bon pain)이라는 카페에 가서, 갓 내린 커피와 버터를 바른 베이글을 주문하고 허겁지겁 병동으로 발걸음을 재촉했다. 엘리베이터에서 내려 3층 3A 병동의 카드키를 찍고 들어가면 내가 일하는 3A step down 병동(준중환자실: Sub-intensive Care Unit)이 나온다.

뉴욕에서 간호사로 살아보는 것이 꿈이었던 나는 이른 아침 새벽같이 일어나 간호사복을 챙겨 입고, 버스를 두 번 갈아타고 커피와 베이글을 손에 쥔 채 출근한다. 일생에 한 번쯤은 여행이 아니라, 외국에서 온전히 '삶'을 살아보고 싶어 뉴욕을 선택했다. 나에게 뉴욕은 세계의 중심이었다. 이십 대 후반에 시작한 이곳에서의 도전은 낯설고 힘들었지만 내 가능성이 국경의 한계를 넘게 했고, 인종을 초월한 확장된 인간관계를 만들어 줬을 뿐 아니라, 내가 한국인이라는 애국심과 함께 만인은 평등하다는 인류애까지 갖게 해 주었다. 내게 있어 뉴욕은 도시가 아니라 삶 자체였다.

Good morning,
3A step down!

3A 병동의 자동문이 열리고 긴 병실 복도를 지나면 가장 구석에 내가 일하고 있는 병동이 보인다.

"Good morning, 3A step down!"

병동에 들어서면 남색 근무복을 입은 프린스(Prince)가 "Good morning, Miss Kim."하며 힘차게 인사를 해 준다. 프린스는 50대 아프리카계 여성으로, 주로 주간에 일하는 CNA[1](간호조무사: Certified Nursing Assistant)이다. 밤샘 근무 중인 간호사들은 늘 그렇듯 바쁘게 움직이고 있다. 환자들이 자고 있는 밤엔 그나마 고요했겠지만, 이제 오전 근무자들이 출근할 즈음이 되니 바빠지기 시작한 것이다. 5일이나 쉬고 왔기에 내 마음도 덩달아 바빠졌다.

간호사 스테이션 바로 앞에는 화이트보드가 세워져 있고 병실 번호와 환자명이 적혀 있는데, 담당 간호사란에 'Kim S.'라고 적힌 이름이 보였다. 나는 병원 전자의무기록(EMR, Electronic Medical Record) 시스템에 접속해서 내 환자들의 진단명, 과거 병력, 현재 상태 및 처방 등을 상세히 체크했다. 간호사들에게는 그날 배정된 환자의 상태가 하루 업무의 난이도를 결정하기 때문에 환자의 상태를 꼼꼼히 확인하는 것은 필수다. 사실 어떤 환자를 보게 될지에 대한 권한은 전날 밤 근무자인 책임 간호사(charge nurse)가 결정한다. 준중환자실에는 총 9개의 방이 있는데, 2인실 두 개와 1인실 5개로 구성되어 있다. 총 9명의 환자를 3명의 간호사가 돌보기 때문에 환자 대 간호사의 비율은 3:1이며 3명 중 한 명이 그날의 책임 간호사가 된다.

이날은 키가 적어도 172cm 이상은 되어 보이는 덩치 큰 아프리카계 흑인 여자 간호사에게 인계를 받았다. 이름은 잉카(Yinka)이고 이 병동에서만 15년 정도 일한 50대 후반의 간호사이다. 그녀는 나이트 근무가 끝나자마자 아침에는 방문 간호사 일을 한다. 12시간씩 일한다 해도 주에 3~4일 근무면 쉬는 날이 꽤 생기기 때문에 두 병원을 오가며 일하는 간호사들이 생각보다 많다. 잉카의 얼굴엔 지난밤 근무의 피로가 묻어났지만 그녀는 평소 일의 뒤처리가 깔끔한 동료로 잘 알려져 있기에 염려는 없다. 다만 최소한 2주마다 바뀌는 화려한 가발과 귓불이 찢어질 듯한 크기의 번쩍거리는 귀걸이, 언뜻 봐도 가짜인 24k 골드빛의 화려한 팔찌와 목걸이, 연보랏빛의 눈 화장과 검붉은 립스틱 그리고 병원복과 색을 맞춘 에메랄드빛 손톱은 볼 때마다 새롭고, 아프리카 계열 흑인의 화려한 취향을 여과 없이 보여준다. 한국에서는 절대 상상할 수 없는 간호사의 모습이다.

사실 미국 병원에서 처음 맞닥뜨린 외국 간호사들의 모습은 충격적이었다. 한국에서 병원 생활을 했을 당시 업무 스트레스를 풀지 못해 홧김에 주황색으로 염색을 한 적이 있었다. 저질러놓고도 내심 걱정이 되긴 했지만 내가 보기엔 심하게 튀지 않아서 괜찮을 줄 알았다. 하지만 출근하자마자 우려는 현실이 되었다. 수간호사실로 호출되어 혼쭐이 난 건 물론이고, 수군대는 동료 간호사들의 뒷말도 들어야 했다. 결국 다음 날 검은색으로 염색한 모습을 확인시켜주고서야 상황이 일단락되었다. 그런 내게 미국 병원의 자율성은 충격일 수밖에 없었다.

환자 인계는 반드시 침대 앞에서 하는 것이 원칙이다. 오랫동안 입원한 환자들의 경우 특이사항과 현재 상태에 대해서만 간략하게 설명한다. 한국에서 신입 간호사로 일하던 시절, 환자 인계를 하기 위해 A4 용지 한 장을 빽빽하게 쓰던 것을 생각하면 일도 아니었다. 인계가 끝나면 병실에 들어가 환자들과 인사를 나누고 업무 준비를 시작한다. 처음 인계 받은 환자의 상태를 살피는 것이 가장 중요하다. 때문에 이때만큼은 신경이 곤두선다.

일일이 환자의 상태를 확인하고 나면 아침 8시가 된다. 이때부터 본격적으로 근무가 시작된다. 준중환자실의 경우 대부분 두 시간마다 환자의 활력 징후를 체크해야 하기 때문에, 상태를 지속적으로 확인하고 컴퓨터상에 기록을 남기는 것이 중요하다. 8시가 되면 우리나라와 비슷하게 의사들의 라운딩(회진)이 시작된다. 9시쯤부터는 고어라운드(go around)가 시작된다. '고어라운드'란 간호사, PA(Physician Assistant)², 의사, 사회복지사, 영양사 및 물리치료사 등 입원한 환자와 관련된 의료진들이 한자리에 모여서 그날 환자들의 전반적인 계획에 대해 다학제간(多學際間)에 회의를 갖는 것을 말한다. 담당 환자들의 치료 경과와 퇴원 정보 등에 관한 그날의 계획을 듣고, 그 환자가 가지고 있는 문제를 나누는 등 정보를 상호 교환한다. 한국 병원에서는 없던 문화이기 때문에 처음에는 말하는 것조차 어색하고 불편했지만, 이 시스템에 익숙해지고 나니 다양한 시각에서 환자의 상태를 이해할 수 있었다. 간호 계획을 짜는 데도 큰 도움을 받았다. 미국의 토론 문화는 상당히 보편적이고 자유로워서 서로 자신의 업무 외적인 정보를 얻을 수 있다. 환자의 입장에서 보자면 매우 바람직하다는 생각이 든다.

대략 30분간의 고어라운드가 끝나면 오전 9시 40분 정도가 된다. 이때부터 간호사 세 명이 30분 정도씩 돌아가면서 오전 브레이크 타임을 갖는다. 잠시 카페에 내려가서 가볍게 스낵을 먹거나 커피를 마셔도 되고, 간호사 휴게실에서 휴식을 취할 수도 있다. 브레이크 타임을 갖기 전에 각자의 환자 상태에 대해서 인계를 해 주고, 30분 동안 휴식을 취하는 간호사를 대신해 환자들을 돌본다. 이렇게 오전의 업무가 대부분 끝나게 된다.

1. CNA(Certified Nursing Assistant)

환자의 일상생활을 지원하는 사람들이다. 환자 징후 체크부터 드레싱, 목욕, 화장실 보조 등 LPN 또는 RN의 감독하에 역할을 수행한다. 혈당 검사, 심전도 검사(EKG)나 소변검사(urine test) 등도 가능하다.

2. PA(Physician Assistant)

의사의 감독하에 진단, 검사 결과 분석, 처방, 수술 보조를 할 수 있다. 의료 관련 학과가 아니더라도 4년제 대학을 졸업하고 의료 관련 경력을 3년 이상 이수한 뒤 PA 석사 교육 과정을 이수한 사람들이다.

뉴욕 간호사의
런치타임

고어라운드를 마치고 나면 환자들의 아침 약을 챙긴다. 간호사들
이 돌아가며 오전 브레이크 타임을 보내고 나면, 환자 상태가 안정되
어 있다는 전제하에 대부분의 오전 업무가 마무리된다. 오후 12시 30
분부터 환자들의 점심을 배식하고 나서야 간호사들도 돌아가면서 한
시간의 점심시간을 가질 수 있다.

대부분의 간호사들은 병동에 지정된 간호사 휴게실에 가서 각자
싸온 도시락을 먹거나 카페에서 사 온 샌드위치나 샐러드를 먹는다.
나는 도시락보다는 카페에서 샌드위치를 사 먹을 때가 많다. 병원 옆
길가에는 아침 8시 쯤부터 푸드트럭들이 줄지어 서 있다. 오전에는

베이글, 샌드위치, 도넛, 홍차와 커피를 팔고 오전 11시부터는 점심 메뉴를 팔기 시작하는데 대부분의 메뉴가 할랄푸드이다. 할랄(halal)은 '허용된 것'을 뜻하며, 이슬람 율법 샤리아에 부합함을 의미한다. 이러한 율법에 어긋나지 않고 무슬림에게 허용된 식품이 바로 할랄푸드다. 이런 푸드트럭은 뉴욕 맨해튼에서도 쉽게 볼 수 있다. 현재 국내의 이태원에서도 오픈한 '할랄 가이즈'는 뉴욕에서 정말 유명한 푸드트럭 중 하나이다.

점심시간을 맞추기 힘들 땐 휴게실에서 혼자 컵라면을 먹을 때도 있다. 미국에서도 컵라면에 쌀밥은 환상의 궁합이다. 아침에 챙겨 온 얼린 밥 위에 물에 적신 티슈를 올리고 전자레인지에 1분 30초 가량 돌리면 갓 지은 것처럼 밥알의 수분이 빠지지 않는다. 조금 번거롭더라도 식사는 간단하게라도 밥으로 챙겨 먹으려고 했었다. 귀찮다는 이유로 점심 저녁을 패스트푸드로 때우다 보면 금방 살이 찐다. 미국에선 조금만 방심해도 5~6kg씩 늘어나는 건 일도 아니다.

CNA 프린스가 점심을 먹기 위해 휴게실에 들어와 옆에 앉았다. 처음 일을 시작했을 때는 한국 음식 냄새가 외국인들에게 불편함을 줄까 봐 김치처럼 냄새가 강한 음식들을 먹지 못했다. 하지만 몇 개월 있다 보니 이국 음식들의 향도 한국 음식 못지않다는 걸 깨달았다. 내가 미국의 병원에서 근무하면서 다국적 간호사들과 한자리에서 식사를 하게 되리라고는 생각지 못했지만 내게는 신선한 경험이었다. 이제는 서로의 음식에 익숙해져서 아무렇지 않게 둘러 앉아 각자의 음식을 나눠 먹기도 한다.

저번에는 멸치볶음을 도시락으로 싸와서 먹고 있는데 프린스가 뭘 먹고 있냐고 물어보기에 'small anchovy(앤초비)'인데, 몸에 정말 좋은 거라고 말해주었다.

"한입 먹어봐도 돼? 진짜 맛있다! 이거 어디서 났어? 네가 만들었어?"

달달한 꿀에 버무려진 멸치볶음이 입에 잘 맞았는지 나중에 반찬 가게에서 사다달라고 조르기도 했다. 뉴욕의 많은 간호사들과 CNA들은 아프리카계 흑인이다. 피곤하지도 않은지 쉴 새 없이 옆에 앉아 말을 한다. 대부분 어머니나 이모 정도의 연령대고 아프리카 특유의 악센트로 말도 빠르다. 프린스는 아프리카에 피앙세가 있다고 한다. 곧 미국으로 데리고 올 예정이라고 하지만, 5년째 결혼 얘기만 하고 제자리를 맴돌며 정작 만나지 못하는 상황에 애잔한 마음이 들기도 했다. 그래도 인터넷으로 웨딩드레스를 고르는 그녀의 모습은 정말 행복해 보였다. 그녀의 이야기가 늘 기, 승, 전, 피앙세로 끝이 나는 게 문제라면 문제일까. 내가 귀담아듣지 않는 걸 눈치챘는지 심드렁한 표정을 짓고는 방금 휴게실로 들어온 동료와 아프리카 말로 대화를 나누기 시작했다. 병동에서 일할 땐 농료 간호사와의 관계도 중요하지만 같이 일하는 CNA와 관계를 잘 맺는 것이 모든 면에서 편하다.

수다와 함께 점심을 먹다 보면 금세 졸음이 몰려오기 시작한다. 그러면 한쪽에 있는 긴 소파에 기대 25분간 꿀잠을 청한다. 점심시간에 잠깐 자는 낮잠은 오전 업무에 지친 몸의 피로를 푸는 데 최고의 약이다. 나같이 예민한 사람조차 눈 감자마자 잠들게 하는 점심의 마법!

"미스 킴! 지금 30분 지났어, 빨리 일어나!"

아차, 병동으로 돌아가야 할 시간보다 30분이나 늦었다. 나는 침을 슥 닦고 퉁퉁 부은 얼굴을 하고서 빠른 걸음으로 돌아갔다. 간혹 낮잠을 자다 못 깨는 경우가 간호사들 사이에 더러 있다 보니 이런 경우 서로 이해해 주는 편이다. 한국에서는 바빠서 점심조차 거를 때가 많았다. 오전에 티타임과 점심시간이 있지만 신입 간호사가 그 시간에 다 챙겨 먹는다는 건 상상할 수 없는 일이었다. 미국 병원도 바쁜 것은 마찬가지지만 휴식시간만큼은 철저하게 보장해 준다. 이렇게 가끔 30분의 늦잠을 배려해 주는 여유도 보여준다. 이런 점이 한국 병원과 미국 병원이 가장 크게 대비되는 점이기도 하다.

환자들이 오후 2시~5시 사이에 퇴원을 하거나 다른 병동으로 옮겨 가면 방을 청소하고 침대를 닦아 새로 들어올 환자의 입원을 준비한다. 환자들은 응급실이나 중환자실에서 새로 받게 되는데, 오고 가는 환자들로 인해 병동은 늘 시끌벅적하다.

브루클린 브리지를
거니는 휴일

정신없이 바빴던 오전과는 달리 점심을 먹고 나면 시간이 느려진다. 오늘 같이 일을 하게 된 간호사는 삼마루(Samaroo)와 데이빗(David)이다. 삼마루는 남아프리카에서 온 인디안계로, 60대 초반의 남자 간호사다. 어릴 때 미국으로 이민을 와서 간호조무사(CNA)부터 시작해 현재는 근무 경력만 30년이 넘는, 누구보다 이 병원의 시스템을 잘 아는 베테랑이다. 데이빗은 40대 초반의 백인 남자 간호사인데, 원래 직업은 초등학교 선생님이었다고 한다. 한국에서 초등학교 교사는 선호 직업 1순위겠지만, 미국에서는 사정이 다르다. 데이빗은 교사보다 간호사의 급여가 더 높고 대우도 좋아서 간호 대학에 다시 들어갔다고 한다. 동기라서 하는 말이 아니라 내가 본 남자 간호사들 중 그는 가장 스위트한 간호사이다.

데이빗은 키가 나보다 작고 배가 볼록 튀어나와 통통한 편인데 푸근한 인상만큼 친절하고 배려심이 깊다. 그에 비해서 삼마루는 오래 일한 만큼 요령이 많아서 이리저리 일을 미루고 빠져나가는 데 도가 텄다. 그래도 병원의 정책이나 규칙에 대한 정보를 정확히 알고 있기 때문에 병동에 문제가 생기거나 다른 병동과 마찰이 생길 때는 같이 있는 것만으로 도움이 될 때가 있다. 미국에 와서 느낀 것이지만 병원 일이라는 것이 큰 차이는 없다. 한국에서의 간호사 경력이 미국에서도 큰 도움이 되었다. 간호사로서의 경험이 있는 나와 달리 데이빗은 아직 낯선 환경에 적응이 필요한지 늘 바삐 뛰어 다녔다. 그가 일하는 모습을 보고 있으면 예전의 내 모습이 떠오른다.

그가 이 병원에 처음 왔을 때 한국인 간호사 선생님이 그의 교육을 담당했다. 선생님은 느려터진 데이빗 때문에 늘 열이 올라 있었다. 그걸 보면서 한국에 있을 때 나를 담당했던 프리셉터(사수 간호사)가 떠올랐다. 그녀는 손이 빨랐다. 일이 손에 익지 않아 느리고 덜렁대는 내가 데이빗처럼 한심해 보였을 것이다. 가끔 답답해 보이면 참다못해 팔을 걷어붙이고 직접 다 해버리기도 했다. 머리끝까지 화가 나서 얼굴이 벌겋게 상기된 채로 문을 열고 나가는 그녀 뒤에 얼어붙어 있던 내 모습이 떠올랐다.

　데이빗의 퇴근은 늘 늦었다. 일이 익숙지 않은 탓이다. 두 시간마다 환자의 상태를 컴퓨터에 기록하는 것을 잊어버리기 일쑤였다. 7시 30분에 밤 근무 간호사에게 인계를 마치고, 그제서야 못다 한 기록을 하기 시작하는 편이다. 컴퓨터에 입력된 활력징후(혈압, 맥박, 호흡 등) 기록은 의료인들이 환자를 관찰할 때 매우 중요하기 때문에 시간마다 업데이트를 해야 한다. 그는 환자 간호를 하다가 기록을 제시간에 하지 못해 수간호사에게 자주 핀잔을 들어야만 했다. 환자에 대한 기록은 다른 의료인들과 공유해야 하는 중요한 자료이기 때문에 항상 시간에 맞춰서 기록해야 한다.

　　"데이빗, 뭐 도와줄 거 없어? 빨리 기록해놔. 오늘은 같이 일
　　찍 퇴근하자."
　　"괜찮아, 미스 킴. 고지베리(gojiberry) 먹어봤어? 이거 몸에
　　엄청 좋아."

　그때는 몰랐는데 나중에 찾아보니 고지베리는 구기자였다. 데이빗은 수다를 사랑하는 채식주의자다. 늘 말린 구기자와 견과류를 들고 다니며 사람들과 나눠 먹는다. 물론 수다를 곁들여서. 그런 모습을

보며 신기하기도 했다. '고기는 먹지도 않는데 왜 살이 찔까?' 어느 날 궁금증에 살짝 물어보니 코끼리도 풀만 먹는다며 개구쟁이 같이 웃어 보이며 대답한다.

오후 6시가 되면서 병동이 바빠지기 시작한다. 7시쯤 밤 근무 간호사들이 오기 때문에 칼퇴근을 하기 위해 서둘러 여러 가지 일을 마무리하고 주변 정리를 한다. 다음에 일할 사람을 위해서 주변 환경을 정리하는 것도 중요한 일이다. 정상적으로 인계해 주고 다른 일이 없으면 퇴근을 한다.

"미스 킴, 이쪽으로 와. 내 차 여기 있어."

병동에서 빠져나와 삼마루의 차가 있는 주차장으로 나왔다. 삼마루의 집은 내가 사는 동네와 가까워서 같이 일하는 날이면 꼭 집 앞까지 데려다준다. 차에 타면 인도 특유의 향이 느껴진다. 인간의 몸에 코끼리의 머리를 가진 인도 가네샤의 그림이 코팅되어 자동차 백미러에 매달려 있다. 가네샤는 인도 신화에 등장하는 지혜, 번영 및 행운의 신으로 인도인들이 사랑하는 신이다. 삼마루는 차에 타자마자 마음을 차분하게 해 주는 인도 음악을 틀었다. 내 취향에는 맞지 않았지만 듣고 있으면 종교 음악이라 그런지 심신이 편안해지는 듯하다.

삼마루는 흥얼대며 따라 부르기 시작했다. 며칠 후 자기가 참여하는 남아프리카 계열 커뮤니티에서 진행하는 '힌두 음악 부르기 콘테스트'에 나갈 거라나. 힌두 음악에 대해서 잘은 모르지만 삼마루의 노랫소리는 나름 듣기 좋았다.

차로 가면 집까지 10~15분 정도 걸린다. 삼마루에게 인사를 하고 집에 올라오자 주인 아주머니가 거실에 앉아서 한국 TV 프로그램을 를 보고 계셨다. 인사를 드리고 병원 유니폼을 벗어 던지고 샤워를 하러 들어갔다. 저녁 차려먹을 힘도 없어서 라면을 끓이려고 부엌에서 달그락거리고 있으니 아주머니께서 들어오셨다.

"이거 오늘 한 거야. 학생 먹으라고 남겨뒀어."

주인아주머니의 맛깔나는 밑반찬과 총각김치가 눈에 들어왔다. 갓 지은 쌀밥과 함께 밥 한 그릇을 뚝딱 하고 나니 피로가 몰려와 그대로 곯아떨어졌다.

다음 날, 오후까지 느긋하게 잠을 자고 일어났다. 친구랑 오랜만에 브루클린 브리지(brooklyn bridge)에서 산책을 하러 가기 위해 선글라스를 챙겼다. 친구와 브루클린 브리지 가까이 있는 지하철역에서 만나기로 했다. 지하철을 타고 1시간 10분을 달려 목적지에 도착했다. 미국 지하철 안의 풍경은 한국과 조금 다르다. 핸드폰을 손에 쥔 사람보다는 책을 읽는 사람들을 쉽게 볼 수 있다. 미국에 왔을 때 불편했던 것 중 하나가 핸드폰이 잘 터지지 않는 것이었는데, 특히나 지하철에서 완전 먹통이 되는 걸 보면 책을 읽는 일이 훨씬 자연스럽긴 하다.

때마침 핸드폰이 울렸다. 그제야 친구가 도착한 것이다. 우리는 브루클린 브리지 쪽으로 걸어갔다. 오늘은 학생 때 자주 들렀던 피자가게에서 점심 겸 저녁을 먹을 생각이었다. 지하철역에서 10분 정도 걷다 보면 멀리 바다가 보이고 왼쪽에는 공원, 오른쪽에는 브루클린 브리지가 한눈에 들어온다. 우리는 선착장 옆까지 가서 바다 경치를 구경했다. 바다 왼쪽으로 새끼손가락만큼 작아진 자유의 여신상이 보였다. 해가 지진 않았지만 브루클린 브리지 건너로 월가(Wall street)의 큰 건물들도 눈에 들어왔다. 조금 있다가 해가 지고 나면 맨해튼에 세워진 빌딩숲에 일제히 불이 들어올 것이다.

뉴욕의 밤은 낮보다 아름답다.
빼곡히 박힌 별들의 숲을 멀리서 바라보기만 해도 설렌다.

지하철로 향하는 길 쪽으로 조금 올라오면 왼쪽에 흰색 건물이 하나 있는데, '그리말디스(Grimaldi's)'라는 이름의 피자 가게이다. 그리말디스는 현지인뿐만 아니라 관광객들에게도 유명하기 때문에 갈 때마다 줄을 서야 한다. 다행히 아직 저녁 시간이 아니어서 15분만 기다리고 안으로 들어갈 수 있었다. 가게 안으로 들어가니 중간에 대형 화덕이 있고, 그 주위에서 흰색 옷을 입은 요리사들이 피자를 만드느라 정신이 없었다. 자리에 앉아 피자와 맥주를 주문하고 친구와 수다를 떨기 시작했다. 그사이 피자가 나왔다. 쫄깃쫄깃한 도우와 얇게 깔린

모짜렐라 치즈가 우리를 흐뭇하게 했다. 화덕에서 갓 구워진 피자 조각을 정신없이 먹어 치웠다.

일생에 한번은 이렇게 뉴욕 라이프를 즐기고 싶었다. 실제 미국으로 건너오기까지 나의 도전이 무모한 것은 아닌지 백번은 곱씹어 생각해 보았다. 혼자서 과연 가능할까 걱정도 많았다. 그런데 삶이라는 게 참 신기하다. '목표를 잘게 쪼개고 너무 멀리 내다보지 말자. 여기까지만 해 보자'는 심정으로 조금씩 할 수 있는 일들을 해 나가다 보니 어느새 나는 뉴욕의 중심가에 와 있다. 가끔 침대에 누워서 생각해 본다.

'내가 여기까지 어떻게 온 걸까?'

나이가 서른이든 마흔이든 중요하지 않다. 성실하게 일한 만큼 보상이 주어지는 곳, 국적을 떠나 누구에게나 열려 있는 기회의 땅. 미국에 대한 부정적인 말들이 많지만 최소한 내게 있어 미국은 아직까진 그런 나라였다. 돌아오는 길에 맨해튼의 빌딩숲을 바라보며 생각했다. '잘 왔다. 대견하다. 앞으로도 잘 살아보자'

이곳, 뉴욕에서!

CHAPTER 2

낯설렘 가득한 나라, 미국

뉴욕에서
맞이하는 아침

2019년 1월 1일, 뉴욕에서 아침을 맞이하는 건 2년 만이다. 뉴욕에서의 생활이 너무 힘들어 한국에 들어왔으면서도, 미국 영주권을 포기할 수 없어서 지금 이렇게 뉴욕에 와 있다. 재충전의 시간을 갖기 위해 한국으로 돌아왔고, 박사 과정까지 시작했다. 하지만 아무리 몸과 마음이 지쳐 뒤도 돌아보지 않고 한국으로 돌아왔다 해도 미국 영주권이라는 삶의 큰 기회를 놓치고 싶진 않았다. 그래서 언제든 기회가 되면 미국으로 다시 갈 수 있도록 재입국허가서(re-entry permit)의 기간을 갱신하기 위해 잠시 뉴욕에 돌아온 것이다. 미국에서 간호사로 일하는 것은 나의 꿈이었기에, 영주권을 유지한다면 나의 미래는 항상 열려 있는 것과 다름없다. 한국에서 공부를 마치면 다시 미국으로 가서 전문간호사(NP)로 일해 볼 계획이다. NP가 되면 환자의 상태에 의학적 진단을 내리고 처방까지 결정할 수 있다. 각종 검사를 오더 내릴 수 있고 치료약 처방은 물론 만성병 상담과 관리, 입원 환자의 퇴원 여부까지 결정할 수 있을 정도로 환자의 치료 과정에 큰 권한을 갖게 되는 것이다. 한국에서는 의사만 할 수 있는 일이지만 미국에서는 간호사도 의사와 역할을 분담해 업무를 수행할 수 있다. 심지어 병원 개업도 가능하다. 어쩌면 한국의 간호사들이 미국 취업을 꿈꾸는 것도, 내가 NP를 하고자 하는 것도 간호사로서 의료행위에 권한을 부여받을 수 있다는 장점 때문인 것 같다. NP는 개척할 수 있는 분야도 많고 권한이 주어지는 만큼 책임감과 그에 따른 보수도 더 주어지므로 한번쯤 도전해 볼 가치가 충분하다.

오랜만에 뉴욕에 와 있으니 처음 미국에 왔던 때가 떠오른다. 나는 고등학생 때부터 다른 나라에서 살아보고 싶은 마음을 가지고 있었다. 더 넓은 세상에서 일해 보고 싶다는 마음으로 국제학부를 목표로 열심히 영어 공부를 해서 3학년 2학기 무렵, 국제학부에 입학 허가를 받았다. 그런데 정작 국제학부 입학을 앞두고 아버지의 말씀에 고민이 시작되었다. 평소에도 미래에 대한 조언을 많이 하시는 편이고, 외국에서 일하고 싶어하던 나의 꿈을 잘 알고 계셨던 아버지가 간호사라는 직업을 추천해 주신 것이다. 문과인 내게 이과 계열의 간호학과를 추천하신 것은 의외였지만, 간호사라는 직업이 해외에서 직업적인 기회와 가능성이 많을 거라며 추천하셨다. 결국 나는 간호학과를 선택했고, 꿈을 이루기 위해 한 발씩 나아가기 시작했다.

수많은 나라 중에서 미국을 고른 이유는 간호사에 대한 직업적 대우나 급여가 다른 나라보다 훨씬 나은 수준으로 평가되기 때문이다. 또 여러 문화와 인종이 어우러져 자유롭게 살아가는 곳인 만큼 나도 그 자유와 여유 속에 뛰어들고 싶었다. 간호사에 대한 처우를 기준으로 미국행을 결정했지만, 나는 해외 취업을 목표로 간호학과를 선택했으니 간호학과 진학은 결국 미국에 가기 위한 것이나 마찬가지였다. 졸업 후 6개월간 도서관에서 인터넷 강의를 들으며 공부하고 대만에 가서 NCLEX-RN[1]을 패스했다. 그리고 미국에서 인정받기 위한 최소한의 경력을 쌓기 위해 '간호의 꽃'이라 불리는 서울대학교 병원 ICU에서 근무를 시작했다. 동료들과의 인간관계, 태움 문화 등으로 전쟁 같던 병원에서 2년을 이 악물고 버텨냈다. 그러나 영주권 없이 미국으로 가봤자 병원에서 일을 시작하는 것은 불가능했다. 미국 간호사 자격증을 패스했지만 영주권이 없기 때문에 미국 학사를 수료하기로 했다. 일단 한국에서 학생 비자를 신청하고 에이전시를 통해 입학 절차를 거쳤다. 에이전시는 한국의 간호사들을 미국의 병원과 연계시켜주는 스폰 기관이다. 나의 경우 미국 간호계의 만만치 않은 취업 시장을 대비하기 위해 에이전시를 선택했다. 미국에서 자라 대학까지 졸업한 신규 간호사조차 에이전시를 통해 경력을 쌓는다니, 외국인의 입장인 나는 더욱 에이전시의 도움이 필요할 것 같았다.

그렇게 뉴욕 브롱스에 있는 레만대학(Lehman College, CUNY)에서 간호학 학사(RN-BSN: Registered Nurse to bacheolor's of science in Nursing Degree)를 시작했다. 미국에서 간호학 학사 과정을 이수하면 영주권 없이도 1년 동안 일할 수 있을 뿐만 아니라 영주권을 받을 때 비자스크린(Visa screen)[2] 면제를 받을 수 있다. 1~2년 동안 수업을 들으면서 학교와 연계된 병원을 통해 실습도 할 수 있다. 학교에서 운영되는 ESL(English as a Second Language) 프로그램에 참여할 수도 있고, 학사 과정을 이수하면 OPT(Optional Practical Training)[3] 자격을 얻을 수 있다. 에이전시마다 한국 간호사들을 위한 프로그램이 연계되어 있으니 사전에 잘 비교해 보고 가는 것이 좋다. 에이전시가 있으면 여러 정보와 취업을 위한 모의 면접 등 서포트를 기대할 수 있다는 장점이 있지만, 계약된 기간 동안 에이전시 소속으로 일하며 급여의 일부를 수수료로 지불해야 한다는 단점도 있다. 잘 고려해 보고 자신에게 맞는 방향으로 선택해야 한다.

1. NCLEX-RN

미국간호사협회의 주관으로 시행되는 간호사 면허시험으로, 미국 내에서 전문직인 간호사로 활동하기 위한 필수 자격 요건이다. 간호사에게 필요한 기본적인 지식과 기술, 간호 수행의 초보 단계를 검증 평가하는 국가 시험이다. 응시자격은 미국 간호대학 졸업자인 내국인과 간호사 면허증이 있는 외국 간호사에게도 주어진다. 외국인 간호사의 경우 각주의 간호국에서 인정하는 교육기관에서 교육을 받고 예비 시험을 합격해야 시험 자격이 주어지나, 캘리포니아, 콜로라도, 뉴욕주 등 14개 주에서는 이 시험이 면제가 되어 바로 면허시험에 응시할 수 있다. 시험에 응시하기 위해선 CGFNS에서 자격의 검증 과정이 필요하여 접수 후 시험을 볼 때까지 꽤 시간이 소요된다. 시험에 합격한 후 한 달 정도면 간호사 면허증이 집으로 배송된다. 현재 국내에는 시험장이 없고 미국, 오사카, 도쿄, 홍콩, 대만, 괌 등에서 응시할 수 있다.

2. 비자스크린(Visa screen)

미국에서 외국인 간호사가 일을 하기 위해 필요한 서류들 중 하나이다. 영어 점수가 비자스크린의 가장 중요한 자격조건이 되는데, 영어 능력을 증명할 수 있는 시험으로는 토플(TOEFL)과 아이엘츠(IELTS)가 있다.
비자스크린 통과를 위한 영어 점수는 IELTS overal 6.5 이상, Speaking 7.0 이상, TOEFL iBT Total 83 이상, Speaking 26 이상이다. 영주권 수속의 마지막 단계인 대사관 인터뷰에서 반드시 제출해야 한다.

3. OPT(Optional Practical Training)

F1 비자를 보유한 유학생들을 대상으로 전공 관련 분야에서 정부로부터 최대 12개월간 미국 내 취업을 허가 받는 것이다. 졸업 후에 또는 재학 중 어느 때나 OPT를 신청하고 활용할 수 있지만, 중요한 것은 OPT의 취업 기간은 총 12개월로 제한된다는 것이다.

누구보다 빠르게
집을 구하다

다른 나라에 여행을 갈 때도 마찬가지이지만 처음 미국행을 준비할 당시 가장 염려되고 두려웠던 것은 내가 머물 곳을 찾는 일이었다. 그때는 미국에 아는 사람이 전혀 없었기 때문에 집을 찾는 게 큰 골칫거리였다. 한동안 한인민박집에 머무르며 현지에서 집을 구할까도 생각해 봤지만, 연고도 없는 곳에서 집을 구한다는 건 변함없이 위험한 일이었다. 그때 내 사정을 전해 들은 지인에게서 연락이 왔다.

"헤이코리안이라는 사이트에 들어가 봐. 한국 사람들은 거기서 집을 찾는 모양이야. 뉴욕은 집세가 비싸서 처음에는 보통 룸메이트랑 함께 살 집을 구하나 봐."

통화를 마치자마자 사이트에 접속해 보았다. 7월 말에 뉴욕으로 떠나는 비행기 표를 끊어놨는데 그때가 6월이었다. 4월에 병원을 그만 두고 난 뒤, 5월 한 달 동안은 여행을 다녔다. 뉴욕에 가기 전에 태국, 베트남, 캄보디아, 라오스까지 다녀왔다. 무슨 배짱이었는지 모르겠지만 지금이 아니면 동남아를 가볼 일이 없을 것 같았다. 그렇게 어영부영 여행을 다녀오고 보니 벌써 6월이었던 것이다.

막연히 뉴욕에서 일하고 공부해야겠다는 생각만 했지, 뉴욕에 가서 어디에서 살 것인지에 대해선 생각해 본 적이 없었다. 먼저 구글 맵을 켜고 내가 가기로 한 학교의 위치를 확인했다. 뉴욕의 브롱스 (Bronx)라는 지역에 위치하고 있었는데, 어릴 때부터 학교든 직장이든 집이랑 가까운 게 최고였던 나는 깊게 생각할 것도 없이 여기에 집을 구해야겠다고 마음먹었다. 헤이코리안 사이트에서 룸메이트로 들어 갈 수 있는 방을 찾아보았다. 뉴욕은 다른 주보다 지하철과 버스가 잘 연결되어 있고 나는 대중교통을 주로 이용할 예정이니, 브롱스에서 가까운 지하철역을 먼저 찾아보았다.

처음에는 뉴욕 맨해튼 쪽을 알아보았다. 방 세 개, 거실 한 개인 집에 룸메이트로 들어가 방 하나를 쓰는 데 한 달에 1000달러 이상 지불해야 했다. 조금 저렴한 방을 찾다 보니 거실에 커튼을 쳐서 방을 만들어 준다는 곳도 있었지만 그래도 800달러 이상이었다. 맨해튼은 내가 살 만한 곳이 아니었다. 한국도 집세가 비싸긴 하지만 뉴욕은 그 이상이었다. 집세도 집세고, 나는 혼자 방을 쓰고 싶어서 브롱스 지역을 찾아보게 되었다. 사실 그때만 해도 브롱스 지역이 위험한지 몰랐다. 나중에 들은 얘기지만, 지하철 주변 지역과 서쪽 지역은 그나마 안전한데 북쪽으로 갈수록 위험하다고 한다. 다행히 내가 찾은 지역은 한인들도 꽤 있었고, 그나마 서쪽 지역이라 안전한 편에 속했다.

지하철에 가깝고 학교에서도 가까워 보이는 아파트를 찾았다. 가격도 맘에 들어서 뉴욕 시간을 기준으로 오전 11시쯤 맞춰 전화를 걸었더니 나이가 있어 보이는 여자분의 목소리가 들렸다. 헤이코리안에서 보고 한국에서 전화하는 거라고 말씀드렸더니 몹시 놀라워했다. 우선은 뉴욕 도착 날짜와 비행기 시간을 알려주고 전화를 끊었다.

일단 뉴욕에서 살 집을 구했다는 생각에 마음이 놓였다.

안전한 거주 지역 구하기

헤이코리안 부동산 사이트에서는 룸메이트/쉐어/렌트 등을 카테고리별로 설정할 수 있다.

또는 지역, 입주 날짜, 가격대, 가격 조건, 성별, 애완동물이나 흡연 및 취사여부 등 찾고자 하는 하우스의 조건을 필터링할 수 있다.

부동산					
지 역	Manhattan	Queens	Brooklyn	Staten Island	Bronx
	New Jersey	Bayside	New York (Other)	Los Angeles	Toronto
	Baltimore	Chicago	Boston	San Francisco	Philadelphia
	Seattle	Hawaii	Atlanta	Mariland	Long Island
	Washington D.C	Etc.			
입주날짜	▨ 년 ▨ 월 ▨ 즉시입주		가 격	$ ▨ ~ $ ▨ / 월	
가격조건	▨ UTILITY 포함 ▨ DEPOSIT 없음		성 별	▨ 상관없음 ▨ 남 ▨ 여	
등록사항	▨ DOG ▨ CAT ▨ 흡연가능 ▨ 취사가능 ▨ TV ▨ 인터넷 ▨ 전화라인 ▨ 주차가능 ▨ 사진 ▨ 설명				
검색어	▨▨▨▨▨▨▨▨▨▨		검색하기		

전체목록	사진 리스트	브로커 리스트	등록하기 | ▼

뉴욕에 있는 병원에 취직을 한다면 병원이 브롱스(Bronx)와 맨해튼(Manhattan), 할렘(Harlem)에 위치하는 경우가 많다. 나는 안전한 주거 지역에 대한 정보가 전혀 없었기 때문에 무작정 학교와 병원이 가까운 브롱스를 주거지로 잡아 4년 정도 살았고, 이후 뉴저지 포트리로 이사했다. 사실 여건만 된다

면 맨해튼이 가장 좋겠지만 맨해튼은 룸메이트로 들어가는 것도 집세만 한 달에 1000달러를 넘어서기 십상이다. 한국 사람들이 주로 사는 지역은 뉴욕에서 조지 워싱턴 브리지(George Washington Bridge)를 건너면 바로 나오는 뉴저지의 포트리 (Fort Lee)와 뉴욕의 퀸즈(Queens)라는 지역이다. 브롱스나 할렘의 경우 예전보다는 주거환경이 나아지긴 했지만, 아직은 확실한 안전을 보장하기 어렵기 때문에 보다 안전한 주거환경을 위해선 포트리와 퀸즈를 추천한다.

한국인들이 많이 사는 만큼 한인마트도 가까이 있어서 생활하기 좋고, 집세도 맨 해튼에 비해 저렴하다. 퀸즈는 지하철을 타면 맨해튼으로 나가기 편리하기 때문에 많은 한국인들이 주거하는 곳이다. 포트리는 뉴욕에 비해 깨끗해서 살기 좋고 안 전하지만 뉴욕으로 가기 위해서는 다리를 건너야 하기 때문에 자동차가 없으면 출 퇴근이 불편할 수 있다.

머나먼
이국에서의 첫날밤

드디어 뉴욕 John F. Kennedy 공항에 도착했다. 처음 느낀 뉴욕은
무척 자극적이었다. 코스트코(Costco)에서나 맡을 수 있는 특유의 향
신료 냄새가 열 배는 더 진하게 후각을 엄습해왔다. 전 세계에서 몰려
든 사람들의 체열에 7월 중순의 열기가 더해져 공항 안은 온실처럼
후덥지근했다. 나는 끝없이 늘어져 있는 입국 심사 줄에 똬리를 틀고
어지러움 속에서 열을 견뎌내고 있었다. 뉴욕에 도착하니 내가 한국
사람이라기보다는 동양인이라는 느낌을 더 강하게 받았다. 주변에 있
는 사람들이 어느 나라 사람인지는 정확히 알 수 없지만, 어림짐작으
로 어느 대륙에서 왔는지 정도는 유추할 수 있었다. 아마 나를 바라보

는 주위의 시선에도 나는 동양인으로만 인식될 것이다. 이때 약간의 두려움과 혼자라는 외로움을 느꼈지만 자연스러운 감정이라 스스로를 다독이며 기나긴 심사 줄이 줄어들기만을 바랐다.

인천공항 출국 심사대 앞에서부터 울기 시작하던 엄마의 모습을 떠올렸다. 수만 킬로미터 떨어진 이국까지 홀로 떠나는 딸 걱정이 왜 안 되겠는가. 나도 같이 부둥켜안고 울고 싶었지만 꾹 참았다. 게이트가 닫히고 엄마의 모습이 더 이상 보이지 않자, 참았던 눈물을 터트렸다. 그리고 그 눈물은 한국 땅을 박차고 날아오를 때까지 멈추지 않았다. 옆자리에 앉은 흑인 남자가 위로의 말을 건네주었지만 '아! 진짜 떠나는구나' 싶은 마음을 확인할 뿐이었다. 사실 출발 2주 전까지만 해도 떠날 준비에 분주하다 보니 뉴욕에 간다는 것을 실감하지 못했다. 이게 진짜인가 싶어 볼을 꼬집어보기도 하며 혼자서 살아보겠다는 내 결정이 잘못된 것은 아닌가 하루에도 몇 번씩 돌이켜 생각해보곤 했다. 다가올 미래가 기대되기도 하지만 두려운 건 어쩔 수 없었다. 하지만 그래도 인정하고 받아들이는 것만이 나의 선택지였다.

어느덧 입국 심사는 끝났지만 같은 시간대에 도착한 비행기들이 많아서 꽤 오랜 시간이 걸렸다. 도착 시간보다 두 시간을 더 훌쩍 넘기고서야 짐을 찾을 수 있었다. 공항을 빠져나오자마자 예약해 둔 한국인 택시를 탔다.

"이쪽이에요. 오느라 수고했어요."

택시 기사 아저씨와 한국에 대해 얘기를 나누다 보니 금방 집 앞에
도착했다. 뉴욕의 상징인 노란 택시를 생각했지만 한국 택시는 자가
용으로 택시를 운영하고 있었다. 목적지에 도착하니 시간은 밤 10시
를 넘어가고 있었다. 문앞까지 끙끙거리며 짐을 끌고 가 초인종을 눌
렀다. 잠시 후 안에서 인기척이 느껴지더니 키는 작지만 속된 말로 깡
다구 있어 보이는 아주머니가 문을 열어주었다. 작은 거실과 주방을
사이에 두고 왼쪽은 주인아주머니의 방, 오른쪽엔 내가 머무를 방이
보였다. 아주머니의 도움으로 짐을 내려놓고 일단 앉았다. 방 안에는
작은 냉장고 하나와 서랍장, 붙박이장이 전부였다. 한국에서 살던 때
를 생각하면 정말이지 단출한 느낌의 방이었다. 시차 적응도 아직 안
됐고, 장시간 비행을 버틴 몸은 물먹은 솜처럼 무겁기만 했다. 몸을
질질 끌다시피 방구석으로 가서 벽에 기대 앉았다. 한참 빈방을 멍하
게 쳐다보고 있는데, 방문 밖에서 나를 부르는 소리가 들렸다.

"피곤하지? 배고프겠다. 해물탕 끓여놨으니 어서 먹어."
'해물탕?'

뉴욕에서의 첫 번째 식사가 해물탕이란 말에 불끈 힘이 나는 것 같았다. 쪼르르 부엌으로 가서 식탁에 앉으니 갓 지어낸 쌀밥과 해물들이 소복이 담긴 뚝배기가 올려졌다. 해물 뚝배기 안에는 작은 랍스터 한 마리도 들어 있었다. '미국은 미국이네. 새우가 아니라 랍스터라니' 별거 아니지만 그날 뉴욕에서 맞이한 모든 것이 낯설고 신기하기만 했다. 아주머니와의 인연은 그렇게 시작되었다. 한국에 계실 때 전주에서 식당을 할 정도로 요리를 잘하셔서, 함께 살면서도 많은 도움을 받곤 했다.

주인아주머니는 22살에 한국에서 결혼을 하고 미국으로 이민 왔는데, 미국 생활만 벌써 35년째라고 한다. 지금은 남편과 이혼을 하고 따로 살고 계시고, 한때 야채 가게도 했었지만 지금은 샐러드 바에서 한국 음식을 만드는 요리사로 일하신다고 한다. 그간 살아온 흔적이 엿보이는 듯한 얼굴과 거칠어진 손만 봐도 이곳에서 얼마나 고생하셨는지 느낄 수 있었다. 얼마나 일을 많이 하셨으면 젊었을 때부터 계속 일하던 습관이 들어서 딱히 돈이 부족한 게 아닌데도 주말까지 쉬지 않고 일을 한다고 한다. 이곳에서도 한국인들의 근면 성실은 자신을 지켜내는 최고의 자산인 것 같다.

아주머니는 방을 내주다 보면 별의별 사람들이 다 있다며 테이블을 마주 보고 앉아 이야기를 꺼냈다. 한번은 한국인 유학생 중에 집안 사정이 안 좋아져서 이쪽 동네로 이사를 온 여대생이 있었는데, 이제

스물을 갓 넘긴 학생이 평소 씀씀이가 헤퍼 자기 쓸 돈부터 써버리고 집세를 제대로 내지 않았다는 것이다. 매번 100달러 지폐에 1달러, 10달러 지폐를 섞어서 집세를 내서, 세어보면 항상 모자랐다고 한다. 남성 출입 금지인 규율을 어긴 적도 여러 번이어서, 결국 집에서 나가 달라고 말했더니 여학생은 화가 났는지 아주머니가 집을 비운 틈을 타 인사도 없이 떠나버렸다고 한다. 그러나 그렇게 곱게 떠날 학생이 아니었다. 그녀는 아주머니 방에 함부로 들어가 가구를 다 뒤집어놓고, 가져갈 만한 게 없자 LCD 텔레비전을 가져가버린 것이다. 더 경악한 것은 자기가 머물렀던 방 한가운데 대변을 보고 갔더란다. 이 일을 겪고 아주머니는 몇 달은 룸메이트를 새로 들일 수 없었다. 몇 달이 지나서야 겨우 룸메이트를 들일 결심을 하실 수 있었다고 한다. 35년을 미국에서 산 아주머니라고 왜 무섭지 않았을까. 하지만 미국에서 여자 혼자 살아내려면 이 정도쯤은 이겨낼 수 있어야 했다.

울지도 웃지도 못할 해프닝을 한차례 얘기해주신 아주머니는 빈손으로 온 내게 이불과 베개를 내주셨다. 나는 텅 빈 방에 들어가 이불을 깔고 누웠다. 뉴욕과 전혀 어울리지 않는 무지개 무늬의 이불을 덮고 있으니 시골에 와서 민박하는 느낌마저 들었다. 너무 피곤했기에 가족이나 집 생각도 할 새 없이 곯아떨어졌다. 그렇게 뉴욕에서의 하룻밤이 지나갔다.

정들었던 브롱스를
떠나는 발걸음

어느 도시든 1년 정도면 익숙해진다. 주인아주머니와 4년간의 동거를 끝내기로 했다. 다른 사람들은 주인과 트러블이 생기거나 일이 생겨서 이사를 하는데, 그런 것은 아니었다. 오히려 지난 4년 동안 별탈 없이 잘 지낼 수 있었던 건 아주머니가 있었기 때문이라고 생각한다. 이별이 안타깝긴 했지만 한군데 너무 오래 머물렀다는 생각이 들었고 뉴욕 생활도 어느 정도 적응했으니 새로운 곳에서 살아보고 싶다는 생각이 들었다. 처음 뉴욕에 와서 신났던 마음은 온데간데없고 일과 학업에 지쳐 있는 나에게 뉴욕 생활은 점차 외롭고 지루해질 뿐이었다.

결심을 굳혔지만 주인아주머니의 안 가면 안 되겠냐는 말에 마음이 편치 않아 밤잠을 설치기도 했다. 피 한 방울 섞이지 않은 남이지만 4년이라는 시간 동안 한 공간에서 지내다 보니 아주머니와 나 사이에 따뜻한 가족애 같은 것이 생겼던 것 같다. 떠나기 전날 밤, 마지막으로 저녁을 같이 하기 위해 내려가 보니 테이블에는 맥주와 닭발, 모래주머니볶음 등 한국 음식들이 잔뜩 차려져 있었다. 내가 좋아하는 메뉴를 잘 아는 아주머니가 특별히 준비하신 뉴욕에서 맛보는 엄마 밥상이었다.

미국엔 한국에서처럼 포장 이사라는 개념이 없어서 직접 짐을 다 싸야 한다. 이삿짐센터는 짐을 옮겨주거나 차량만 대여해주는 개념이다. 이번에도 헤이코리안 사이트를 통해서 집을 찾았고, 사이트 내에서 이삿짐센터를 찾아 견적을 내보고 한군데를 선택했다. 이사하기로 한 집은 내가 다니는 병원 바로 앞에 위치하고 있었다. 처음 집을 보러 갔을 때 만났던 룸메이트의 인상이 좋았고, 방도 넓고 깨끗해서 흔쾌히 이사를 결정했다. 이삿짐을 싸는 데만 꼬박 일주일이 걸렸다. 4년이란 시간 동안 차곡차곡 채워진 짐들을 다시 싸다 보니 그간의 시간을 차분히 돌아보는 계기가 되기도 했다. 아무것도 없었던 방이었는데 이제 침대, 책상, 옷장, 의자 등 짐이 엄청 늘어나 있었다.

새벽부터 일하러 나가는 아주머니와 인사를 하기 위해 아침 일찍부터 눈을 떴다. 찐하게 포옹해주는 아주머니의 눈에 눈물이 반짝거렸다. 나에게 아주머니가 그렇듯 아주머니에게 나도 좋은 사람이었나 보다. 물론 좋았던 일만 있었던 건 아니다. 아래층에서 올라온 담배 냄새를 오해해서 내가 집에서 담배를 피운다고 의심한 적도 있었고, 방 청소를 잘 안 하는 나를 두고 엄마처럼 잔소리를 해댄다고 친구들에게 아주머니에 대해 험담을 한 적도 있었다. 하지만 그렇게 티격태격하면서 함께 끌어안을 수 있었기에 외로운 뉴욕 생활에서 서로에게 의지가 되었다.

뉴욕에 오는 많은 학생들이 처음부터 혼자 아파트를 구해서 사는 것은 현실적으로 어렵기 때문에 대부분 룸메이트와 함께 살게 된다. 여러 나라의 사람들이 모이는 만큼 다양한 외국 룸메이트를 만날 수 있다. 그러나 함께 살면서 무시할 수 없는 것이 문화의 차이다 보니 대부분의 유학생들은 헤이코리안 사이트를 통해 되도록 한국 사람들과 같이 살 수 있는 방을 찾는다. 내 친구는 미국 사람들이 가장 많이 이용하는 Craiglist (http://craiglist.org) 사이트에서 룸메이트를 찾아 집을 같이 쓰게 되었는데, 친구들을 불러 파티를 하는 미국 문화에 적응하지 못해 결국 그 집에서 나왔다고 한다. 외국인이고 다른 문화를 가지고 있다고 해서 모두가 안 맞는다고 할 순 없지만, 처음 뉴욕에 온 한국인이 적응하기에는 한국 사람과 룸메이트를 하는 것이 좀 더 나을 수 있지 않을까 하는 생각이 든다.

새로운 도시와
이상한 룸메이트

뉴욕은 렌트비가 비싸기 때문에 큰 집 한 채에 여러 명이 렌트비를 분담하며 같이 사는 경우가 많다. 이때 어떤 룸메이트를 만나느냐에 따라 삶의 질이 결정된다. 잘못 걸리면 무척 치명적이다. 4년 동안 같은 집에 살았기 때문에 내가 룸메이트를 들여야 하는 이 상황을 어떻게 대처해나가야 할지 몰랐다.

이사를 하고 2개월이 채 안 되었을 무렵이었다. 같이 사는 언니 한 명이 결혼을 해서 나간다는 것이다. 물론 축하할 일이지만, 이 집에 남아 계속 살아야 하는 사람 입장에서는 돌발 상황이다. 다음 룸메이트를 구하지 못하면 그 방은 빈 방이 되지만, 지불해야 할 렌트비는 줄어들지 않기 때문에 남은 두 사람이 한 사람 몫의 렌트비를 떠안게 되는 형국이다. 결혼할 언니에게 누군가 들어올 때까지 방세를 내라고 한들 수용할 리도 없었다. 일단 서둘러 방을 내놓으니 들어오겠다는 사람이 나타나 안심하긴 했지만 입주하기 일주일 전에 없던 일로 하자는 일방적인 통보를 받았다. 정말 난감한 노릇이었다. 그래도 그 사이 연락을 준 한 사람이 있었고, 그날 밤 바로 방을 보러 왔다.

초인종이 울렸다. 문을 열어보니 40대 중반으로 보이는 여자가 서 있었다. 며칠은 씻지 않은 듯한 몰골을 한 여자는 말할 때 빠진 앞니 사이로 발음이 새기까지 했다. 사람을 겉모습으로 판단해서는 안 된다는 생각으로 천천히 이야기를 나눴다. 그녀는 자신을 플러싱(뉴욕의 한인들이 많이 사는 지역)의 작은 통증 병원에서 일하는 한의사라고 소개했다. 예전에는 맨해튼 중심부에서 살았는데, 교통사고 이후 온전히 일을 할 수 없게 되면서 거처를 옮겨 다니는 신세가 되었고 남자친구와도 헤어지게 되어 여기까지 오게 되었다고 했다. 간호사 일을 하면 신체적으로 힘들지 않냐며 자신이 나중에 진맥이라도 한번 봐주겠는 말에서 친절함을 느꼈다. 사실 나는 의심이 조금 있는 편이라서 그것만으로 그녀를 신뢰할 수는 없었고, 이상하다는 생각이 들어 다른 룸메이트를 기다려보고 싶었지만 렌트비를 부담할 걸 생각하면 나만의 생각으로 무작정 기다릴 수도 없는 노릇이었다. 결국 룸메이트와 상의 끝에 그 중년의 여성을 들이기로 결정했다.

그런데 이사 온 이후부터 그녀의 이상한 행동이 시작되었다. 집에서 웬 가스 냄새가 난다면서 모든 창문과 문을 다 열어놓고 지나가는 외국인들에게 냄새가 난다며 험담하기 시작했다. 급기야 가스를 탐지하는 기계를 설치했는데, 시도 때도 없이 삑삑거리는 기계 소리에 잠도 제대로 잘 수가 없었다. 하루는 이웃집까지 가서 가스가 새고 있다며 난리를 치는 바람에 소방서에 신고가 들어간 일도 있었다. 아침 7시쯤 911에서 소방차 8대와 소방대원 5명이 갑자기 집안으로 들이닥쳤다. 소방대원들은 가스가 새지 않는 것을 확인 후 돌아갔지만 이미 집안은 쑥대밭이 되어 있었다. 미국의 911은 우리나라의 112와 119를 합쳐놓은 시스템이기 때문에 상황이 접수되면 소방대원과 함께 경찰도 온다. 경찰들의 질문에 취조당하듯 한참을 해명하고 나서야 상황은 일단락되었다. 이런 황당한 상황에 1층에 살던 베트남계 집주인도 놀란 눈치였다.

그 이후로도 우리는 새 룸메이트 때문에 불안감에 휩싸인 채 초조한 하루하루를 보내야 했다. 결국 언니와 나는 여성분에게 렌트비를 돌려줄 테니 이 집에서 나가주시면 좋겠다고 정중하게 말했다. 하지만 그녀는 자신은 나갈 생각이 전혀 없고, 돈을 냈으니 끝이라며 도리어 화를 냈다. 그 후 노골적으로 우리를 괴롭히기 시작했다. 새벽에

불을 켜놓고 부엌에서 춤을 추는 일은 놀랍지도 않을 정도였다. 공동 생활인 만큼 일주일에 한 번씩 돌아가면서 복도와 부엌, 거실, 화장실을 청소를 하는데, 당번이 나일 때 또 하나의 해프닝이 일어났다. 그날 나는 락스로 욕조를 깨끗하게 청소하고 난 뒤 뚜껑을 열어놓은 채 잠이 들고 말았다. 그런데 아침에 일어나보니 집안이 난리가 난 것이다. NYC 경찰들이 부엌에 들어와 있고 여자는 눈물범벅이 된 얼굴로 열심히 경찰에게 무언가를 설명하고 있었다. 무슨 일인가 했더니 룸메이트들이 자신을 죽이려 한다고 신고를 했다고 한다. 내가 황당하다는 표정을 지어 보이자 락스통의 뚜껑을 열어놓은 것이 증거라는 것이다. 경찰들도 여자의 말에 황당해했다. 우리는 경찰에게 제발 이 집에서 여자가 나가게 해달라고 애원하듯 말해봤지만 강제로 추방할 수 있는 법적인 근거가 없다는 말만 돌아왔다.

경찰이 떠나고 가장 불안해한 사람은 1층의 건물 주인이었다. 건물 주인은 여자가 불이라도 지르지는 않을까 하는 두려움에 이사 비용까지 줄 테니 제발 나가달라고 사정했다. 그제야 여자는 다른 집을 구해서 나갔다. 하지만 한 달 동안 지속된 공포에서 벗어나는 데 꽤나 시간이 필요했다. 결국 나는 친구들이 많이 사는 뉴저지로 거처를 옮기는 것이 좋겠다고 생각했다. 그렇게 옮겨간 나의 세 번째 집은 포트리(Fortlee)였다. 어퍼 맨해튼(Upper Manhattan)에서 허드슨 강 위의 조지 워싱턴 다리만 건너면 행정구역상 주가 바뀌어 뉴저지로 넘어가게 되는데, 다리를 건너면 있는 그곳이 바로 한국 사람들이 모여 사는 포트리다.

멀쩡한 룸메이트 구합니다

미국은 혼자 살기에는 비용이 너무 많이 들기 때문에 많은 사람들이 룸메이트를 구한다. 사실 기존에 알던 사람이라 해도 함께 살아보지 않는 이상 알 수 없기 때문에 불특정 다수를 대상으로 구하게 되는 무수한 룸메이트 중 좋은 룸메이트를 구한다는 건 무척 까다로운 일이다.

외로움을 타지 않고 자유분방한 성격의 소유자들의 경우 혼자 사는 것이 가장 좋은 일이겠지만, 그렇지 못할 경우엔 자신보다 나이가 많은 사람과 사는 것을 추천하지 않는다. 나의 경우 자유분방한 성격이 아니었기 때문에 브롱스의 주인아주머니가 집에 언제 들어올 것인지 질문하는 것이나 일찍 들어오라는 말들이 크게 간섭으로 느껴지지 않았지만 자유분방한 성격의 가진 사람들의 경우 이러한 것에 불편함을 느끼고 금방 다른 곳으로 이사를 가는 경우를 많이 보았다. 반대로 외로움을 좀 많이 타거나 미국 생활이 초보일 경우에는 나이 많은 분과 사는 것도 나쁘지 않다는 생각이 든다. 같은 한국인일 경우 음식을 챙겨주시거나 미국 생활 노하우를 더 많이 배울 수 있다는 장점이 있다.

그리고 같이 사는 사람이 집주인일 경우 더 많은 제약이 생길 수 있다는 점 또한 염두에 두어야 한다. 조금 친해지더라도 집주인과 세입자인 한, 갑과 을의 관계처럼 보이지 않는 불편함이 있다. 그 외에도 룸메이트가 이성인지 동성인지, 커플인지 등을 확인해야 하며, 문화의 차이가 공동생활에 큰 영향을 미치기 때문에 처음 미국에 정착할 때는 가급적 한국인과 함께 사는 것을 추천한다.

맨해튼 32번가의
파트타이머

뉴욕의 집세와 물가는 외국인 학생이 홀로 감당하기엔 어려운 수준이었다. 나중에 OPT(Optional Practical Training)가 나와서 일을 할 수 있게 되어 어느 정도 살아갈 수 있었으나 처음 뉴욕에 갔을 때는 한국 병원에서 2년 넘게 일해서 모은 돈으로 학비와 생활비 등을 충당해야 했다. 친구들 중에는 일을 시작하기 전까진 부모님께 도움을 받는 경우가 대부분이었다. 사실 나도 도움을 받지 않은 것은 아니다. 병원에서 일하기 바로 직전에 모아두었던 돈이 다 떨어져서 아버지에게 송금을 부탁한 일이 있다. 하지만 생활을 온전히 기댈 수는 없는 일이었다.

돈이 부족하면 뭐라도 해야 한다. 외국에서 혈혈단신 혼자가 되면 누구나 강해진다. 환경이 사람을 만들기 때문이다. 뉴욕의 경우 아르바이트 시급이 한국보다 두 배 가량 높았기 때문에 친한 언니와 함께 아르바이트를 하기로 했다. 일단 맨해튼 32가에 있는 한국 바비큐 음식점에 면접을 보러 갔고, 캐셔는 이미 인원이 차서 안내 알바를 권유받았다. 안내 알바는 가게 문 앞에 서서 사람들에게 음식 메뉴에 대해 소개해주고 주말이나 평일 저녁 시간대처럼 사람들이 붐벼서 줄을 설 때는 대기 번호표를 나눠주고 빈 테이블에 손님을 안내하는 일이었다.

웨이터와 웨이트리스는 팁 문화가 있는 미국에서는 경쟁률이 치열한 아르바이트다. 뉴욕 레스토랑의 경우 전체 식비의 15%, 18%, 20% 중 선택하여 팁을 지불해야 하기 때문에 주말 하루에만 팁으로 벌어들이는 수익이 400달러가 넘을 때도 있다고 한다. 그렇다 보니 한국에서 미국으로 어학연수를 와서 아르바이트로 시작했다가 전업으로 전향하면서 미국에 눌러 앉는 경우도 많다.

솔직히 그동안 웨이터와 웨이트리스 일을 쉽게 보았다. 하지만 레스토랑에서 일하면서 그들을 보니 프로페셔널하단 생각이 절로 들었다. 친절은 기본이고 절도 있는 움직임과 흐트러짐 없는 미소가 보는 이로 하여금 감탄을 자아내게 할 정도였다. 쉽게 돈을 버는 일은 없다는 생각도 하게 되었다. 나는 이 일을 오래할 생각이 없었기 때문에 제안받은 대로 안내 알바를 시작하게 되었다. 하지만 그것도 결코 쉬운 일이 아니었다. 주말에는 100번이 넘게 번호표를 써서 준 적도 있었고, 레스토랑의 규칙상 빠른 회전율을 위해 일행이 모두 자리에 있지 않으면 먼저 테이블을 내주지 않기 때문에 손님들과 옥신각신하는 것도 힘들었다. 처음 한 달 동안은 매니저에게 핀잔도 들었지만 병원에서 일하며 온갖 풍파를 다 겪은 내가 이 정도 일도 못할 리 없다는 생각으로 버텼다. 그렇게 맨해튼 32가 코리안타운에서 6개월 가량을 버텼고, 병원에 취업하게 되면서 아르바이트를 그만두었다.

아르바이트를 하면서 기억에 남는 장면이 있다. 뉴욕에서는 무전기와 인이어를 끼고 일하는데, 어느 날 갑자기 여자 부매니저가 무전기로 긴급히 소리쳤다.

"방금 나간 여자 세 분 사랑해주세요!"

무슨 일인가 싶었는데, 1분도 되지 않아 웨이터 중 가장 막내가 문밖으로 뛰쳐나갔다. 뛰쳐나간 웨이터와 손님 세 명이 얘기를 나누는 모습이 멀찍이 보였다. 처음엔 카드 결제가 잘 안 돼서 그런가 했는데 알고 보니 영수증에 팁을 적지 않아서였다. '사랑해주세요'라는 말은 팁을 주지 않은 손님을 확인하는 그들만의 은어였다. 맨해튼의 많은 식당들이 팁이 없는 문화권에서 온 외국인을 위해 팁의 범위를 계산서에 기재해놓는 경우가 많다. 그럼에도 불구하고 실수든 고의든 팁을 내지 않는 사람들이 있기 때문에 이미 나간 손님을 쫓아가서 혹시 서비스에 문제가 있었는지 물어보는 것이다. 이런 경우를 본 적이 종종 있다. 팁 문화가 익숙지 않은 아시아 문화권 손님들에게서 특히 빈번하게 발생하는데, 당시엔 팁 문화가 낯선 손님의 실수였던 것 같다. 팁도 정당한 서비스에 대한 보상으로 생각하는 미국에서는 손님에게 당당히 서비스 종사자로서의 권리를 요구할 수 있다. 사실 나도 팁 문화에 익숙해지기까지 한동안 시간이 걸리긴 했다.

어디서부터 어디까지가 팁일까?

미국의 팁 문화는 유럽에서 왔다. 하지만 아이러니하게도 유럽에서는 팁 문화가 거의 없어졌고, 미국은 하인을 부리기 위해 팁 문화가 계속 사용되었다고 한다. 미국의 어느 식당을 가든지 팁은 존재하고, 어떠한 서비스를 받느냐에 따라서 팁이 결정되어야 하지만, 현실은 팁을 주지 않으면 자신이 뭘 잘못했느냐고 웨이터들이 되려 화를 내고 따지기도 한다.

- **팁은 식사 비용(tax 포함)의 15~20%가 적당하다.**

  - 단, 테이블에 앉아 주문을 하고 풀서비스를 받은 경우에 해당하며 식당, 택시 및 미용실, 마사지 등이 포함된다. 뷔페의 경우 접시를 치워주긴 하지만 손님이 직접 음식을 가져다 먹기 때문에 풀서비스에 해당하지 않는다.

  - 뉴욕의 경우 영수증에 전체 음식값에 대한 뉴욕 시티 택스가 약 8.8% 합산되어 나오므로 택스 비용에 두 배를 하면 팁은 자동적으로 약 17~18%가 되므로 계산하기 쉽다.

- **팁이 없는 곳도 있다.** 패스트푸드 전문점, 스타벅스, 푸드코트 등 내가 가져오고 정리까지 하는 경우 서비스를 받지 않은 것으로 여겨 팁을 내지 않아도 된다.

- **팁은 현금으로 주는 것이 좋지만** 현금이 없을 경우 영수증 사인란 밑에 팁을 적는 칸이 있으므로 적으면 된다.

- **서비스가 너무 심하게 별로가 아니었으면 팁을 주는 것이 예의이고** 팁의 양을 조절하는 것이 좋다. 웨이터, 웨이트리스의 경우 시간당 수당이 얼마 되지 않아 팁으로 일당을 채우는 것이 대부분이기 때문이다.

- **레스토랑 방침에 따라 팁을 포함해서 계산서를 가지고 오는 경우가 있으**므로 계산서를 잘 보고 지불해야 한다.

간호사도 놀라는
뉴욕의 병원비

할렘(Harlem)의 고층 아파트에 사는 주은 언니가 뉴저지로 이사 간 나를 보기 위해 포트리에 놀러 왔다. 같은 대학원에 다니면서 친해진 주은 언니는 현재 할렘 병원(Harlem hospital) 신생아 중환자실(NICU)에서 일하고 있다. 오랜만에 만난 반가움과 함께 한국 음식점을 찾아 해물찜을 주문해서 맛있게 먹고 있는데 갑자기 언니의 입 주변이 점점 울긋불긋하게 번져가는 것이 육안으로도 보였다. 몸에 이상을 느낀 언니는 화장실로 달려가 얼굴을 씻고 다시 나왔는데, 잠깐 사이 피부가 새빨갛게 달아올라 있었다. 발진과 두드러기였다. 평소 음식에 대해 별다른 알레르기가 없었던 만큼 갑작스런 이상 증세가 나타나자

몹시 당황스러웠다. 음식점에서 급히 나와 약국에 갔다. 증세를 완화시키는 약을 사서 먹었지만 소용이 없었다. 증세는 더 심해져서 목소리까지 변해가고 있었다. 목소리가 변한다는 것은 기도에 알레르기 증상이 번지고 있다는 뜻이다. 더 심해지면 자칫 호흡이 곤란해지는 위험이 벌어질 수도 있었다. 응급 상황이었다.

급한 마음에 가장 가까운 긴급치료센터(Urgent care)로 갔다. 긴급치료센터는 생명에 위협적이진 않지만 긴급한 상황에 조치를 취해주는 센터이며, 주말과 공휴일에도 늦게까지 열려 있다. 우리나라의 응급실과는 개념이 조금 다르다. 주로 의사나 전문 간호사(NP: Nurse Practitioner)들이 업무를 담당하며 필요에 따라 피검사나 X-ray 촬영까지 할 수 있다.

주은 언니의 경우, 과민성 쇼크(Anaphylaxis)는 생명을 위협하는 상황이기 때문에 긴급치료센터에서 처리할 수 있는 일이 아니었다. 하지만 응급 상황인 만큼, 일단 NP는 에피네프린(epinephrine)[1]과 덱사메타손(dexamethasone)[2]을 처방해주었다. 다행히 투약 후 언니의 상태가 호전되기 시작했다. 수치가 거의 정상으로 돌아오자 NP는 언니에게 911를 불러 응급실로 가야 한다고 했다. 급한 상황을 무마하긴 했으나, 생명에 위협이 될 만한 상황이었고 심장에 영향을 줄 수 있는 약물인 에피네프린까지 투약한 상태이기 때문에 규정상 응급실에 가서 심혈관계 모니터를 달고 있어야 한다는 것이다.

　미국의 경우 911을 불러 응급실에 가게 되면 한국과 다르게 환자가 돈을 지불해야 한다. 나중에 안 것이지만 911을 부른 비용만 1000 달러가 넘게 나왔다고 했다. 언니와 나는 갈 수 없다고 했지만, 병원 규정이기도 하고 911을 타고 응급실에 가면 긴급치료센터의 비용은 청구하지 않겠다고 했다. 이미 911을 부른 상태였기 때문에 언니는 포트리와 가까운 대형 병원인 잉글우드 응급실로 이송되었고, 그곳에서 심혈관계 모니터를 약 10시간 정도 달고 있다가 아무 이상이 없는 걸 확인한 후 퇴원할 수 있었다. 이후 우편으로 청구된 병원 비용은 800달러였다. 입원 당시 병원 직원이 누워 있는 언니를 찾아와 병원비에 대해 이야기하기를, 학생이고 아직 영주권을 받지 않아 보험이 없는 점을 참고해서 추후 병원비를 청구하겠다며 선불로 200달러만 지급하라고 했다고 한다. 응급실을 한 번 이용한 비용으로 1000달러를 쓴 셈이다. 원래 2000달러가 넘는 비용이 청구되어야 했는데, 이것도 그나마 학생 신분임을 고려하여 할인(Charity care)[3]이 적용된 거라고 한다. 미국의 높은 의료비에 대해 다시 한 번 체감할 수 있는 사건이었다.

　아는 친구의 경우 몸이 안 좋아서 급하게 수술받을 일이 생겼는데, 보험이 없었기 때문에 미국의 치료비를 감당할 수 없어 한국에 돌아와 수술을 받은 경우도 있다. 미국에 사는 한국인은 내시경 같은 검사가 필요할 때나 수술을 해야 할 때 한국을 다시 찾곤 한다. 한국의 의료 비용이 미국보다 훨씬 저렴하기 때문이다. 미국 사람들조차 아시아 지역으로 의료 관광을 갈 정도이니 미국이라고 모든 면에서 우리보다 우수한 것은 아니었다. 몸이 조금만 안 좋아도 동네 병원에라도 가야 한다고 어릴 때부터 강조하셨던 부모님에게 영향을 받은 내게 한국의 의료 서비스는 미국과 비교해 보니 세계 최고 수준이었다.

1. 에피네프린(epinephrine)

'아드레날린(adrenalin)'으로 불리기도 한다. 심장마비나 과민성 쇼크(Anaphylactic shock)가 온 환자들에게 응급 처치용으로 사용된다. 혈관을 수축시켜 혈압을 상승시키고 반대로 수축된 기관지 근육은 이완시켜주어 호흡곤란 증세가 사라져 편안하게 호흡을 할 수 있게 한다.

2. 덱사메타손(dexamethasone)

스테로이드성 항염증성 약물로서 감염, 알레르기, 과민성 쇼크 등 면역반응에 대한 증상을 감소시킨다.

3. Charity care

건강보험이 없거나 형편이 어려운 사람들에게 제공되는 의료 서비스로, 병원비를 지불하기 어려운 형편의 환자들에게 청구된 의료 비용을 할인해주거나 비용을 청구하지 않는 것을 말한다.

CHAPTER 3

뉴요커
간호사로
거듭나다

자코비 병원의
외과계 면접을 보다

"미스 킴, 자코비 병원 외과계 중환자실에서 미스 킴과 인터뷰를 하고 싶다고 전화가 왔어."

OPT(Optional Practical Training) 허가서를 받고 나서 한 달이 채 안 되었을 때 에이전시에서 연락이 왔다. 일단 면접 날짜를 잡고 다시 연락을 준다고 했다. OPT는 학위 또는 대학원을 마치고 12개월 간 풀타임으로 자신의 전공 분야에서 일할 수 있게 나라에서 허가해 주는 것이다.

몇 주 전 은지 언니와 함께 인터뷰 준비 단계인 모의 인터뷰(mock

interview)를 위해 에이전시가 있는 곳까지 갔다. 모의 인터뷰는 실제 면접을 보기 전에 에이전시에서 준비해 주는데, 주로 병원 면접에서 나올 예상 질문들을 이메일로 먼저 알려주고, 준비한 답변에 대해 피드백을 준다. 예를 들어 '어떤 shift 근무를 원하는가'란 질문에 'Day shift(AM 7:00 ~ PM 7:00 근무)를 원한다'고 답하면 'Day shift를 원하지만 night shift(PM 7:00 ~ AM 7:00 근무)도 가능하다'로 답변을 정정해주었다. 그렇게 답해야 면접에서 좋은 인상을 남길 수 있고, shift 유형(day/night)은 병원에 들어가서도 바꿀 수 있기 때문이다.

32가 펜 스테이션(Pennsylvanian Station)에서 LIRR(Long Island Rail Road)에 올라탔다. LIRR는 뉴욕 시외로 나가기 위한 기차이다. 한 시간 가량 달려 에이전시가 있는 동네에 도착했다. 뉴욕과는 전혀 다른 분위기로 사람이 많이 지나다니지 않는 한적한 동네였다. 에이전시가 있는 빌딩에 들어가니 덩치가 크고 머리가 벗겨진 흑인 브렛이 반갑게 인사를 한다. 그는 에이전시 내 외국 간호사 취업센터 총괄 대표다. 브렛은 사업차 한국을 자주 다녀봐서인지 한국 사람들에 대해 잘 알고 있었다. 사람에 대해서는 우호적이지만, 일적으론 칼 같은 사람이었다. 주위에서 브렛을 조심하란 얘기를 들은 적이 있다. 브렛과 인사를 나누고 모의 인터뷰를 차례로 시작했다. 인터뷰 내용은 가족관계, 경력, 지원 동기 등의 기본적인 내용이 주를 이뤘다. 모의 인터뷰는 실제 인터뷰를 준비한다기보다 영어 수준을 평가하는 정도였다. 브렛은 면접자의 대답에 따라 상, 중, 하로 평가했다.

실제 병원 디렉터와의 면접 날이 다가왔고, 에이전시에서 면접 복장에 대해 특별히 언급한 게 없어서 검은 스키니진과 블라우스를 입고 검은 플랫 슈즈를 신었다. 머리는 깔끔하게 뒤로 넘겨 하나로 묶었다. 한국 병원에서는 깔끔한 모습을 보여주기 위해 일괄적으로 머리망을 하는 데 비하면, 미국 간호사들의 차림새는 매우 자유로운 편이다.

이날 면접을 보는 사람은 나 혼자였고, 면접 시간은 10시 30분이었기 때문에 10시에 병원 로비에서 브렛을 만나 함께 병동으로 올라가기로 했다. 브렛이 20분 정도 늦는 바람에 더욱 초조해졌지만 그는 너무 긴장하지 말라며 면접을 보겠다고 한 건 거의 채용된 것이나 다름없다고 나를 안심시켰다. 우리는 2층 중환자실 바로 옆에 위치한 특수 간호 파트 총괄 디렉터가 있는 사무실로 향했다.

브렛의 손에는 던킨 도넛 박스가 들려 있었고, 디렉터를 보자마자 반갑게 인사하면서 그 박스를 전해주었다. 브렛은 여러 병원 관계자들과 모두 친분을 갖고 있었는데, 가끔씩 관계자들을 초대해 파티를 열기도 했다. 그는 특히 아프리카계 흑인 간호사 디렉터들에게 인기 만점이었다. 하지만 자코비 특수 파트 디렉터는 백인이었고 키가 나보다 훨씬 큰 여자였는데, 브렛에게 그리 호감을 보이지 않았다. 대신

나에게는 무척 호의적이었고 브렛을 밖으로 내보내며 문을 닫았다. 처음 만나는 사람이었지만 그녀는 나를 친구처럼 다정하게 대해주었다. 약 20~30분 정도의 인터뷰를 마치고 두 번째 인터뷰를 위해 중환자실로 걸음을 옮겼다. 문을 열고 들어가니 이번에는 아프리카계 디렉터보다 키가 조금 더 크고 젊은 흑인 수간호사가 나를 반겨주었다. 내가 본 흑인 간호사들 중에서 가장 예뻤고 근엄한 표정과 중저음의 허스키한 보이스에선 카리스마가 넘쳤다. 그녀의 이름은 켈리였는데, 중환자실에서 15년 정도 일했다고 자신을 소개했다. 인터뷰라기보다는 경력, 가족관계, 미국에 언제 왔는지 등 나에 대해서 얘기하는 시간이었고, 마지막에 같이 일하게 되어서 반갑다며 나중에 다시 보자는 인사를 하고 나왔다. 브렛은 복도에서 날 기다리고 있었는데, 내가 수간호사와 얘기하는 동안 디렉터와 얘기를 나눈 모양이었다. 다음 달부터 오리엔테이션을 할 수 있을 것 같다며 축하한다는 말을 건넸다. 인터뷰는 명목상이었던 것 같고 일단 면접을 보러 가면 이력서 내용과 다르지 않는 한 90%는 합격인 것 같았다.

그런데 다른 친구들에게 들어보면 같은 병원이라도 병동에 따라서 인터뷰의 분위기가 확연히 다른 것 같다. 친구의 경우 면접 후보자가 5명이나 되었고 면접관 세 명이 동시에 들어와서 최종 두 명만 합격했다고 하니 결국 내가 운이 좋았던 것이다. 인터뷰 질문도 달랐다.

여러 상황을 제시하고 그에 적절한 대응을 말해보라는 식이었다고 한다. 예상치 못한 질문에 준비가 미흡했던 지원자들은 크게 당황했다는 얘기를 전해 들었다. 뉴욕 병원에 취직한 친구들에게 인터뷰 질문을 물어본 결과, 대략 이러한 질문들이 나왔다.

1   자기소개

2   자신의 장점 및 단점

3   간호사 직업의 장점 및 단점

4   간호사가 된 계기

5   미국에 온 동기

6   병원 지원 동기

7   이직 의도

8   가족관계

9   이전 직장 상사와의 관계

10 이전 직장 동료들과의 관계

11 이번 직장에서 내가 어떻게 좋은 영향을 줄 수 있는지

12 이 병원에서 나를 뽑아야 하는 이유

13 근무시간 변동이나 연장근무에 대한 생각

14 여러 사람들과 일하는 것에 대한 생각(팀워크)

15 직장 내에 갈등이 생겼을 때 해결하는 법

16 스트레스 푸는 방법

17 일하면서 가장 어려웠던 순간과 대처 방법

18 근무했던 병동에서 환자들이 주로 가지고 있던 내과 및 외과 질병

19 18번에 해당하는 질병에 대한 간호 및 치료 방법

20 5년 뒤 나의 모습 혹은 목표

기본적으로 위 질문에 대한 답변 정도는 반드시 준비해 둬야 한다. 그리고 답을 외워서 이야기하기보다 질문의 성격을 이해해서 자연스럽게 대화하듯 답변을 하는 것이 중요하다.

이제 진짜
미국 간호사가 된 거야!

　면접을 보고 일주일 정도의 시간이 지났다. 이틀 동안 기차를 타고 에이전시에 가서 병원에 들어가기 위한 필기시험 대비 교육을 받았다. 에이전시에서 연결해 주는 병원마다 각기 다른 필기시험 경향이 있기 때문에 그 시기에 같은 병원에 들어가는 사람이 있으면 같이 공부를 하게 된다. 그 시기에 면접을 본 것은 나 혼자였기 때문에 에이전시의 한국계 미국인 교육 담당과 1:1로 공부를 했다. 수업 내용은 대략 약물 투약, 수혈 등 실무와 관련된 내용이었다.

　병원 내에 간호 교육을 진행하는 교육장이 따로 있는데, 시험을 보러 가서 내 이름을 말하면 'test file'이라고 적혀 있는 두꺼운 시험지를 꺼낸다. 그 시간에 시험을 보는 사람은 나 혼자였고 한 시간 동안 시험에 응시한 후 바로 그 자리에서 채점을 했다. 다행히 틀린 것 없이 무난하게 시험을 통과했다. 이 시험에 떨어진다고 해서 불합격하는 것은 아니다. 2~3일 정도 지나 예약을 하면 재시험을 볼 수 있다. 합격할 때까지 볼 수 있는 데다가 한국 간호사들 중 3번 이상 이 시험에 떨어졌다는 사람은 본 적이 없으니 너무 걱정하지 않아도 좋다.

2주 정도의 시간이 지난 후에 이틀에 걸친 신입 간호사들을 대상으로 한 병원 전체 오리엔테이션이 시작되었다. 병원 내 전산화 시스템이나 병원 감염 관리 및 안전 지침에 대해 교육받을 예정이었다. 잠깐 간호 행정 사무실(nursing office)에 들러 여권과 미국 간호사 자격증 및 건강기록지 사본을 제출하고 오리엔테이션 장소로 가 보니 이미 나를 제외한 신입 간호사들이 도착해 있었다. 다양한 나라에서 온 8명의 남녀 간호사들이 있었는데 그중엔 한국인 간호사도 한 명 있었다. 같은 한국인이라는 반가움에 바로 옆에 앉아서 수업을 들으며 금방 친해졌다. 그 언니는 내가 일하게 될 외과계 중환자실 바로 위층인 암 병동에서 일하게 될 거라고 했다. 사실 암 병동 중환자실은 한국에서는 들어본 적이 없어서 생소했는데 나중에 알게 된 사실이지만 한국에서도 큰 병원이나 암 전문 병원에 있는 병동이었다. 암 환자는 치료 방식이나 간호 방법에 있어서 일반 환자와 차이가 있기 때문에 암 환자들만을 위한 중환자실이 있었고, 암 발생률 및 생존율의 증가로 인해 최근 병원에서는 꼭 필요한 중환자실로 자리 잡고 있다고 한다.

오리엔테이션 첫날은 교육 때 병원에서 사용하는 EMR(Electronic Medical Record)에 대해 배웠다. EMR은 전자의무기록으로, 병원에서 의료 기록을 전산화하는 시스템인데, 병원마다 각기 다른 시스템을 사용하기 때문에 일을 시작하기 전에 반드시 익혀둬야 한다.

두 번째 날에는 'M Day'라고 해서 병원 관련 정책 및 병원 실무에 관련된 수업을 듣고 필기시험을 보았다. 시험 문제가 조금 까다롭긴 했지만 오픈북 테스트고 70점 이상만 맞으면 통과이다. 이 시험 또한 혹시 떨어지게 되더라도 며칠 이내에 다시 볼 수 있고, 현직 간호사들도 리마인드 개념에서 매년마다 보게 되어 있다.

오리엔테이션 기간에 데이빗을 처음 만났다. 그는 자신을 준중환자실에 근무하게 될 간호사라고 소개했다. 수강생 중에서 가장 말이 많고 사교적이어서 금세 친해졌다. 사실 아시아계 사람들은 백인들에 대해 조금 까탈스럽다는 인상을 갖는 경우가 많은데, 데이빗은 친절하고 아시아인들에게 우호적인 편이었다. 데이빗과 함께 점심을 먹으면서 그가 원래 초등학교 교사라는 사실을 알게 되었다. 더 좋은 조건에서 일을 하고 싶어서 간호사가 되었다고 했다.

"데이빗, 사원증은 받았어? 오늘 내로 안 가면 다음에 따로 병원에 와서 발급받아야 한대."

사원증을 만드는 보안실(security office)이 오픈하는 시간은 제한적이었고, 매일 하는 것도 아니기 때문에 오늘 발급받으러 가야 했다. 오피스에 가서 사진을 찍고 신원이 확인되면 바로 사원증을 받을 수 있다고 한다. 일하면서 사원증을 잃어버리면 보안실에 가서 신원만 확인되면 신속하게 재발급이 가능하다. 사원증을 받고 보니 진짜 미국 간호사가 되었다는 것을 피부로 느낄 수 있었다.

5일 남짓의
프리셉터 & 프리셉티

"누가 오늘 미스 킴 프리셉터를 할래요?"

드디어 병동 오리엔테이션이 본격적으로 시작되었다. 이틀간의 전체 오리엔테이션이 끝나면 신규 간호사들은 각자 배정된 병동으로 이동하고 직접 환자를 돌보는 실전에 임하기 위해 병동 오리엔테이션을 시작하게 된다. 정규 신입 직원의 경우 꼬박 두 달 가량 오리엔테이션이 진행되는 반면 에이전시를 통해 일하는 간호사들은 교육 기간을 오래 두지 않는다. 그렇기 때문에 바로 일을 할 수 있는 경력직 간호사들을 선호한다. 일반 병동의 경우 오리엔테이션 기간은 짧으면 3일, 길면 5일밖에 안 되기 때문에 일반 병동에서 일을 시작하는 친구들을 보면 처음에 많이 힘들어한다. 그렇다고 해도 간호사 한 명당 담당 환자 수가 한국보다 훨씬 적다. 예를 들어 서울 대형 병원을 기준으로 했을 때 일반 병동에서 간호사 한 명당 12~13명 정도의 환자를 보는 반면 미국 병원에서는 한 명당 5~7명의 환자를 돌보게 된다. 그렇기 때문에 처음에 병원 시스템에 적응하는 데 시간이 좀 걸릴 뿐 한국 간호사들의 적응 속도는 매우 빠른 편이다.

중환자실은 예후가 좋지 않은 환자가 많고 언제 어떤 일이 벌어질지 예측할 수 없기 때문에 다양한 의료 장비의 사용법을 익혀야 하고, 병동 오리엔테이션 기간도 자연히 길어진다. 나는 중환자실로 배정되어 5일 동안 외과계 중환자실 오리엔테이션을, 이틀 동안은 다른 중환자실에서 오리엔테이션을 하기로 했다. 중환자실 문을 열고 들어가면 한국에서 일했던 병동과는 조금 다른 환경에 눈이 돌아간다. 한국 중환자실의 경우 1인실이 한정되어 있는데 미국은 병실이 각각 따로 나눠져 있기 때문에 사생활이 존중되고 환자들이 다른 환자로 하여금 영향을 받지 않게 되어 있다. 더 나은 치료를 제공하고자 하는 병원의 노력이 엿보이는 대목이다.

선배 간호사로서 나중에 들어온 신규 간호사들이 병동에 적응을 잘할 수 있도록 도와주는 역할을 하게 하는 것을 프리셉터(preceptor)

라고 한다. 이때 배우는 입장의 간호사를 프리셉티(preceptee)라고 하는데, 미국 병원에서 일할 때 가장 도움이 되는 것이 인간관계라는 생각이 든다. 프리셉터를 한국에 비유하면 사수라고 할 수 있는데, 사수를 잘못 만나면 말도 못하게 고생하듯이 미국도 마찬가지이다. 신규 간호사가 들어오면 사수 간호사를 정해준다. 그러나 한국이든 미국이든 한 사람을 그 직장에 적응을 시켜야 하는 책임이 주어지기 때문에 누구도 나서서 하려고 하지 않는다. 수간호사보다 더 오래 일한 필리핀 간호사가 내 사수였는데, 워낙 오래 일했던 사람이어서 노하우도 많고 일을 빠르고 쉽게 처리하는 사람이었다. 오래 일한 만큼 파워가 있어서 간호조무사들도 일을 잘 도와주는 편이었다. 사실 나도 중환자실에서의 경력이 있었기 때문에 일을 처음부터 배울 필요는 없었고, 새로운 환경과 사람 그리고 기계에 적응하는 것이 중요했다.

중환자실의 기계를 다루는 것도 큰 어려움은 없었다. 한국에 있을 때도 인공호흡기(ventilator), 체외막산소공급장치(ECMO: Extra-Corporeal Membrane Oxygenation), 지속적 신대체요법(CRRT: Continuous Renal Replacement Therapy) 및 정맥 주입용 펌프(infusion pump) 등을 다뤄본 적이 있었기 때문에 어느 정도 자신감이 있었다. 인공호흡기 같은 경우에는 간호사도 사용법을 알아야 하는 게 당연하지만 대부분 호흡 치료사(respiratory therapist)가 따로 있어서 조절을 하고 가기 때문에 한국보다 해야 할 일이 훨씬 적었다. 실제로 미국 간호사들 중엔 인공호흡기를 조절하는 방법을 알지 못하는 경우가 많았다. 한국 사수에게 눈물이 찔끔 날 정도로 혼나면서 인공호흡기를 조립하고 조절하는 방법을 배웠던 것이 생각났다. 한국의 경우, 수술 환자나 자발적으로 호흡을 하기 힘들다고 판단되는 환자가 입원한다고 하면 간호사가 제일 먼저 해야 하는 것이 인공호흡기를 조립하는 일이었다. 하지만 미국의 경우, 호흡 치료사에게 page(호출)를 하면 인공호흡기를 준비해서 직접 가지고 오니 배울 필요가 없었다.

앞에서 언급한 의료 기계들 말고도 중환자용 침대와 모니터 등 기본적으로 중환자실에서 사용하는 장비가 많아서 중환자실 담당 교육 간호사가 오후에 따로 불러 오리엔테이션을 시켜주고 사용법을 알려주기 때문에 크게 걱정할 이유가 없었다. 그렇게 5일 동안 정신없었던 외과계 중환자실 오리엔테이션이 끝났다. 나머지 이틀은 다른 중환자실을 경험하게 해 주는데, 그 이유는 가끔 인력이 모자랄 때 인력 보충을 위해 파견을 갈 수도 있기 때문이다. 내과계 중환자실, 화상 중환자실, 심혈관계 중환자실 및 암 환자 중환자실에서 오리엔테이션을 가졌다. 한국에서는 내가 일하는 병동 말고는 다른 곳에서 일을 해보거나 오리엔테이션을 가져본 적 없었기 때문에 이런 시간들은 나에게 신선하게 다가왔다. 각각의 중환자실마다 환자나 간호사들의 특성이 모두 달랐다. 가장 좋았던 것은 가는 중환자실마다 한국 간호사들이 일하고 있었고, 질문을 했을 때 친절하게 설명을 해 준 것이었다.

이렇게 거의 2주에 달하는 오리엔테이션이 끝났지만 너무 짧다고 판단했기 때문에 나는 수간호사에게 일주일 정도의 시간을 더 달라고 요청했고 수간호사는 흔쾌히 승낙했다. 사실 에이전시 간호사의 경우 오리엔테이션 기간 동안 원래 받을 수 있는 금액의 반밖에 받지 못하기 때문에 오리엔테이션을 빨리 끝내는 것이 좋다. 하지만 나는 미국에서의 경력이 없었을 뿐더러 급여를 적게 받더라도 잘 배워서 안전하게 일하고 싶다는 생각에 그런 결정을 내렸다.

5개월 만의
부서 이동

　미국에서는 다른 병동에서 인력이 부족한 상황이 발생했을 때, 당일 지원이 가능한 병동에서 간호사를 업무가 시작되기 전에 보내는 경우가 흔하다. 한국과 비교해서 병가(call in sick)를 사용하는 것이 자유롭기 때문에 일하기 2~3시간 전까지만 간호과 사무실에 전화해서 오늘 못 간다고 통보를 하면 된다. 한국에서 병가란 입원 혹은 수술을 해야지만 쓸 수 있는 거라고 생각했는데 여기는 몸이 조금 안 좋거나 개인적인 사정이 생기면 언제든 사용할 수 있다는 장점이 있었다. 하지만 에이전시에 소속되어 있는 간호사들은 일을 쉬게 되면 시간당 급여를 받을 수 없기 때문에 자주 사용하지는 않는다.

"미스 킴, 준중환자실에 일할 사람이 없어서 네가 오늘 가봐
야겠어!"

다른 병동에서 인력이 필요하다는 연락을 받으면 간호사들끼리 돌
아가면서 다른 병동으로 가서 일하게 된다. 사실 대부분의 간호사들
은 자기 병동에서 일하고 싶어 하고 다른 환경에서 일하는 것을 꺼려
한다. 나 역시 준중환자실에서 일해본 적도 없고, 일하기 시작한 지 3
개월 정도밖에 안 되었기 때문에 다른 병동에 간다는 게 좀 불안했다.
옆에 있던 중국인 간호사 챠오(Chao)가 3개월 전에 파견 나갔다 온 적
이 있다며, 준중환자실 환경도 일하기 괜찮은 편이라고 한번 가 보는
것도 괜찮을 거라고 말해주어서 불안감을 조금 다잡을 수 있었다.

중환자실 바로 위층에 위치한 준중환자실 병동으로 올라갔다. 계
단을 걸어 올라가니 일반 병동과 똑같이 생겼는데, 구석에 따로 떨어
져 있는 병동의 간호사 스테이션이 보였다. 녹색 옷을 입은 간호사 다
섯 명이 있었다. 미국의 경우 환자가 이동할 때 간호사가 꼭 동행해
야 하다 보니 여기저기 오며 가며 마주쳤던 얼굴이 보였다. 반가워하
며 인사를 마치고 내가 맡아야 하는 환자들을 체크하고 인계를 받기
시작했다. 준중환자실은 말 그대로 상태는 중환자실보다 훨씬 안정
된 상태의 환자들 위주였고, 그만큼 중환자실보다 밝은 분위기로 일

할 수 있었다. 이후 준중환자실에서 인력이 부족하다는 소식이 들리면 내가 가겠다며 자청하곤 했다.

외과계 중환자실에서 일한 지 거의 5개월이 되었다. 사실 한국의 외과계 중환자실에서 일을 할 때도 다른 병동에서 일해보고 싶다는 생각을 계속 했었다. 처음 한국에서 중환자실을 지원한 이유는 나중에 미국에서 일할 때를 대비한 것이었다. 중환자실 경력이 유용하다고 어느 책에서 읽었기 때문이다. 중환자실은 의식이 없는 환자들이 대부분이었기 때문에 환자들로부터 피드백을 받기가 어려웠다. 환자와의 소통이 거의 없는 간호에 지치기도 했다.

한국 경력을 바탕으로 미국에서도 중환자실에서 근무를 하게 되었지만 준중환자실에서 일할 때가 자꾸만 떠올랐다. 중환자실의 환자들이 조금 나아지기 시작하면 바로 준중환자실 병동으로 옮기게 된다. 거의 누워만 있던 환자들이 인사하러 올 때나 정들었던 환자가 생각날 때면, 준중환자실 생활이 어떨지 궁금하곤 했다. 파견을 나가며 관찰해 보니, 의식이 또렷하고 아무 이상 없이 걸어 다니며 혼자 화장실도 가는 환자들의 모습은 중환자실에 있을 때와는 알아보기 어려울 정도로 확연히 달랐다. 어느덧 준중환자실은 한번 일해보고 싶은 병동이 되었다. 하지만 병원에 들어온 지 5개월밖에 안 되었는데 부서를 변경해달라고 말하는 것이 쉽지 않았다.

그렇게 생각만 하고 있던 어느 날, 점심을 먹으러 가다가 준중환자실 수간호사를 만나게 되었다. 반갑게 인사를 하고 지나가려는데 갑자기 무슨 생각이 들어서인지, 수간호사를 다시 불러 세웠다. 혹시 그 병동에서 일하고 싶은데 그것에 대해서 어떻게 생각하는지 물어보았다. 수간호사는 네가 일하고 싶어 하는 것에 대해 고맙게 생각한다며 내가 정말 원한다면 외과계 중환자실 수간호사에게 먼저 물어봐야 한다고 말해주었다.

나는 곧장 지금 일하고 있던 중환자실 수간호사와 약속을 잡았고, 며칠 뒤 면담이 이루어졌다. 수간호사는 외과계 중환자실에서 일하는 것에 힘든 점이 있는지에 대해 물어보았으나, 그보다는 내가 생각하는 바에 대해서 얘기를 해주었더니 흔쾌히 알겠다며 디렉터와 상의를 해 보고 결과를 알려주기로 했다. 2주 뒤 나는 준중환자실로 이동하여 새로운 환경에서 다시 일을 시작하게 되었다.

30년 베테랑
마마 킴과의 만남

"안녕하세요. 외과계 중환자실에서 온다던 사람이 선생님이
구나. 반가워요!"

다른 병동으로 부서를 이동하게 되어 3일간 오리엔테이션을 받게
되었다. 이틀째 되던 날 드디어 마마 킴 선생님을 만나게 되었는데,
외과계 중환자실에서 일하고 있을 때도 이름을 익히 들어 알고 있었
다. 한국인 간호사로 준중환자실에서는 안방마님 같은 분이셨다. 친
절한 건 물론 두루두루 사교적인 성격에다 정맥주사를 기가 막히게
잘 놓는다는 소문을 들은 적이 있다.

사실 한국에 있을 때 한 번도 정맥주사를 놓아 본 적이 없었다. 한국의 병원에서는 인턴들이 정맥주사를 담당하는 데다, 중환자실에 있는 환자들은 중심정맥관(중심정맥에 삽입되는 관의 일종. 항암제와 항생제, 혈액 성분과 같은 정맥주사가 지속적으로 필요한 환자의 치료에 유용하다)을 가지고 있었기 때문에 정맥주사를 시도해 볼 기회가 없었던 것이다. 그러나 미국 외과계 중환자실에서는 감염의 위험성 때문에 환자에게 중심정맥관을 오래 꽂아두지 않는다. 자연히 정맥주사를 놓을 일이 많아지는 것이다.

여기서 중환자실 환자들의 경우 일반인과 다르게 혈관을 찾기가 쉽지 않은데, 그럴 때면 마마 킴이 정맥주사를 대신 놓아주고 간다는 얘기를 익히 들은 적이 있었다. 마마 킴 선생님은 한국에서 공부하다 미국으로 이민을 와서 뉴저지의 병원에서 간호사로 일을 시작했다. 그러다 이 병원이 신설되면서 근무지를 옮겼고, 20년째 일하고 있는 것이다. 간호사들이 병동에서 처음 적응할 때 큰 도움을 주기도 한다. 선생님을 겪으면 겪을수록 '마마'라는 단어가 딱 어울릴 만한 분이라는 생각이 들었다.

미국 간호사들은 개인주의가 강한 편이다. 물론 병동에 응급 상황이 생기면 서로 도와가며 일을 하긴 하지만 보편적으로 다른 간호사의 일을 별로 신경 쓰지 않는 편이다. 하지만 마마 킴 선생님은 다른 사람의 환자도 자기 환자처럼 돌보며 전체 병동을 지휘한다. 그래서 병동의 모든 간호사들은 마마 킴 선생님과 같이 일하는 것을 선호한다.

어쩌면 미국 사람들이 개인주의라고 생각하는 건 나의 개인적인 선입견일지도 모른다. 이심전심이란 말이 있듯 사람은 내가 어떻게 하느냐에 따라 태도를 달리하는 것일 수도 있다. 미국 사람들이 정말 개인주의 성향이 강하다면 누구에게나 같은 태도를 취해야 할 것이다. 그러나 병동에 있는 사람들은 마마 킴을 존경하고 잘 따른다. 어느 순간부터 그분의 인품이 사람들의 태도를 바뀌게 한 것이란 생각을 하게 되었다.

돌이켜 보면 어딜 가든 사람이 모이면 파벌이 생기고, 집단이기주의가 있기 마련이다. 당신이 미국에 온다고 해서 충만한 자유가 당신을 행복하게만 만들어 주지는 않을 것이다. 상대를 먼저 배려하고 도움을 주려고 할 때 비로소 상대의 마음도 열린다. 배려도, 친절도 일관성이 필요한 것 같다. 목적 있는 일시적인 배려나 친절로 상대를 감화시킬 수는 없다. 상대방에게 친절과 배려를 보여주려면 진정으로 그 사람을 위해야 할 것이다. 마마 킴 선생님을 모두가 존경하는 데는 한결같은 마음의 진정성을 확신하기 때문일 것이다. 미국에서 얼마나 오랫동안 간호사로서 살진 모르겠지만 나 또한 언젠가 후배들 눈에 저런 모습으로 비춰지고 싶다.

3A 준중환자실(Step Down Unit) 식구들.
가장 왼쪽이 마마킴이다.

뉴욕 간호사의
급여와 뉴욕 물가

"뉴욕 간호사는 월급이 엄청 많다던데?"

뉴욕에 살다가 한국에 왔을 때 친구들 사이에서 가장 많이 들었던 말이다. 실제로 뉴욕에 살면서 느낀 물가는 전체적으로 한국의 1.3~1.5배 수준이다. 미국 내에서 뉴욕의 물가는 다른 주와 비교해서 높은 편이기 때문에 공부를 하고 일까지 하면서 뉴욕에서 살아간다는 것은 쉽지 않은 일이었다.

다른 간호사들은 잘 모르겠지만, 내 경우에는 에이전시를 통해 병원에 취직했기 때문에 에이전시에서 어느 정도 이윤을 떼어갔다. 그래도 이렇게 2~3년 동안 일하는 조건으로 영주권 수속 및 변호사 비용까지 지원해주기 때문에 꽤 괜찮은 거래라는 생각이 든다. 에이전시에서 떼어가고 남는 돈에 다시 뉴욕주와 뉴욕 시티에서 세금을 떼어가고 남는 돈은 하루에 400달러 정도 되니 시간당 34~35달러 정도 생각하면 될 것 같다. 12시간씩 일주일에 3일 정도 일하고 총 2주 동안 일한 금액이 에이전시를 통해 내 통장으로 입금된다.

사실 이렇게 돈을 계속 모으면서 생활하다 보면 뉴욕에서 임대료를 내고도 궁색하지 않을 만큼 쓸 걸 다 쓰면서 살 수는 있다. 하지만 풍요로운 생활을 하기는 역시 좀 부족하다. 그렇기 때문에 투잡으로 다른 병원에서 파트타임으로 일하는 간호사들이 많다. 일주일에 두 번만 더 일해도 훨씬 많은 급여를 벌어들일 수 있다. 나는 기본적으로 공부를 하면서 일을 해야 했기 때문에 무리해서 일을 더 늘릴 수는 없었다. 학비와 생활비도 내가 스스로 해결해야 했기 때문에 돈을 모으지도 못하고 풍요로운 생활은 더더욱 할 수 없었다.

일반적으로 정직원이 되면 돈을 더 받을 수 있다고 생각하겠지만 국립 병원일 경우에는 마지막에 실수령액이 정직원인 내 친구와 비슷했다. 그 이유는 미국의 경우 사보험비가 비싸고 정직원의 경우 보험비가 월급에서 빠져나가기 때문에 처음 월급의 액수보다 훨씬 낮아지는 것이다. 미국의 의료비가 비싸다는 것은 이미 많은 사람들이 알고 있을 것이다. 내가 미국을 떠나기 직전까지 오바마의 정책으로 인해 모든 사람이 보험에 가입해야 했기 때문에, 정직원이 아닌 친구 몇 명은 의료 서비스들이 커버되지 않더라도 보험비를 줄일 수 있는 가장 낮은 수준의 보험에 가입한 경우도 있었다. 지금은 트럼프 대통령의 정책으로 모든 국민이 보험에 가입할 필요는 없다고 하지만, 여전히 의료비는 미국에서 살아가는 데 부담이 되는 조건 중에 하나이다. 물론 사립 병원의 경우는 이 급여보다 더 많이 받을 수 있다고 알고 있다. 확실하지 않지만 LA병원에 정직원으로 재취업한 친구에 의하면, 뉴욕에서 에이전시 간호사로 일했을 때보다 한 달에 1500~2000달러 정도를 더 받는다고 했으니 말이다.

일단 급여를 받으면, 임대료 지출이 상당한 편이다. 나의 경우 뉴저지에 살 때 부엌은 주인과 함께 쓰고 현관과 화장실이 따로 있는 스튜디오 형태의 방을 사용하는 데 한 달에 850달러를 지불했다. 일주일 동안 병원에서 일해야 받을 수 있는 급여에 가까운 임대료가 나갈 때마다 내가 살고 있는 곳이 번화가인 것을 새삼 느끼면서 돈을 많이 벌어야겠다는 생각을 했다. 물론 뉴욕 맨해튼에 스튜디오를 얻을 경우 2000~3000달러가 족히 넘기 때문에 맨해튼에 사는 것은 엄두도 못 냈던 것 같다. 이에 비해 브롱스 같은 지역의 집들은 훨씬 가격이 낮은 편이다.

미국에서 급여를 받으면 가장 먼저 달려가는 곳은 마트가 아닐까?
뉴저지에 살 때 가장 좋았던 것이 한국 마트가 걸어서 5분 거리에 있
다는 것이었다. 한국에 있는 물건들이 대부분 있다고 해도 과언이 아
닐 것이다. 가격은 한국보다 1.5배 정도 비싸긴 하지만 미국에서 한
국 물건을 마음껏 접할 수 있다는 게 신기하고, 세일도 종종 하기 때
문에 잘 이용하면 한국과 크게 다르지 않은 가격으로 구할 수 있다.
특히 과일, 채소, 유제품, 고기류 등은 가격이 비슷하거나 싼 편이다.
2~3인 가구를 기준으로 한국에서 한 번 장을 보면 기본 10만 원은 훌
쩍 넘기는데 여기서도 고기류를 포함하여 한국 반찬 몇 종류를 사다
보면 나 혼자지만 60~70달러는 쉽게 넘기게 된다. 또 나처럼 1~2인
가구의 경우 미국에서 유명한 식료품점인 Trader Joe's 혹은 Whole
Foods에 가서 한 끼 먹을 수 있는 샐러드나 샌드위치 등의 음식을 사
는 경우도 많은데, 종류에 따라 5~10달러 정도라고 생각하면 된다.

미국의 마트라고 한다면 월마트를 떠올리는 경우가 많지만 사실
상 뉴욕 시내나 도시에 근접한 곳에서는 월마트를 찾기 어렵다. 도시
에서 차를 타고 조금 멀리 나가야 월마트를 볼 수 있고, 나 같은 뚜벅
이들은 한국 마트나 로컬 대형 마트를 이용하는 경우가 많다. 맨해튼
117가에도 코스트코가 있는데, 한국에서 만든 카드를 미국에서도 사
용 가능하고, 심지어 한국 멤버십 가격이 더 저렴하여 일석이조라고

할 수 있다. 한국에서 카드 두 개를 발급해 하나는 한국에 계신 부모님이, 하나는 내가 뉴욕에서 이용할 수 있었다. 물론 대량 묶음의 물건들을 팔다 보니 1인 가구인 사람들에게 필수는 아니다. 나는 가끔 자동차가 있는 친구들과 함께 체리, 블루베리, 아보카도, 그린망고 등 과일을 대량으로 사와서 같이 나눠 먹곤 했다.

통신료 같은 경우에는 어떤 회사를 이용하는지 지역별로 가능한 인터넷 플랜이 무엇인지에 따라 가격이 달라지는데, 인터넷 회선을 설치해서 실제로 사용해 본 경험이 있는 친구의 경우 한국과 인터넷 이용료는 크게 차이 나지 않는다고 한다. 핸드폰 요금 같은 경우에도 약정을 하고 핸드폰을 사서 쓰는 방식으로 한국과 크게 다르지 않다. 나는 처음 미국에 올 때 약정이 끝난 공기계를 가져왔다. 한국으로 치면 알뜰폰의 개념으로 유심칩만 꽂은 후에 선불요금제(pre-paid phone plan)를 이용하고 있다. 한 달에 40~50달러 정도면 통화는 무제한이고 LTE 4G의 속도로 처음 1GB까지 사용할 수 있고 나머지는 3G의 속도로 인터넷 이용이 가능하다.

관광객들이 뉴욕에 와서 한국과 가장 많이 비교하는 것이 음식점 물가인데, 미국 식당의 경우 팁까지 합쳐지기 때문에 식사를 하게 되면 한국과 비교해서 2배 이상이 나오는 경우가 허다하다. 관광객들은 음식점에 가는 경우가 많기 때문에 이러한 상황에서 물가가 너무 비싸다고 생각하게 된다. 친구들과 모처럼 한국 음식을 먹으러 간다고 할 때, 비빔밥 혹은 고등어 정식 같은 메뉴를 하나씩 시킬 경우 한 메뉴당 가격은 15달러지만, 거기에 뉴욕 택스와 팁까지 모두 합치면 한 사람당 20달러 정도 나오게 된다. 한국에서 8~9천 원이면 되는 음식 값이 거의 2배 수준이 되기 때문에 아무리 외국이라 할지언정 크게 느껴진다.

스타벅스 커피의 경우 한국과 가격이 비슷하다. 미국이 훨씬 쌀 것이라 생각하는 사람들이 간혹 있는데, 스타벅스 커피의 경우에도 주마다 가격 차이가 있고 뉴욕의 물가에 맞게 측정되어 다른 주보다 비싼 편에 속한다. 따뜻한 커피는 차이가 거의 없지만 아이스 벤티 사이즈의 경우 한국은 591ml인 반면 미국은 709ml로 양이 더 많다. 한국에 와서 벤티 사이즈의 음료를 시켰는데 가격 대비 양이 얼마 되지 않아 황당했던 기억이 있다.

내가 지금 학교를 다녀서 그런지 뉴욕의 학식과 서울의 학식을 비교해 보면, 물론 종류가 서로 다르긴 하지만 서울 학식의 경우 4000~5000원 정도라면 미국 학식은 햄버거, 콜라와 감자튀김을 포함해서 7~8달러를 지불했다. 학식도 한국에 비해 2배 정도 비쌌기 때문에 학식이 저렴하다는 것은 뉴욕 대학에는 적용되지 않는 듯하다.

미국에서 간호사로 생활하는 것은 한국에서 사는 것과 경제적으로 크게 다를 게 없다는 생각이 든다. 미국에서 월급을 좀 더 받을 수 있지만 그만큼 지출도 크다. 그러므로 미국행에 대한 결정은 간호사로서 사회에서 어떤 대우를 받고 싶은지, 혹은 새로운 기회를 받아들이고 더 넓은 세상으로의 도전을 하고 싶은지에 대해 스스로 결정을 하는 것이 좋을 것이다.

다인종 국가에
존재하는 인종차별

전체 오리엔테이션을 마치고 병동 오리엔테이션을 시작하기 전, 가장 먼저 만나는 사람은 중환자실 교육 간호사였다. 교육 간호사는 내과계 중환자실에서 일했던 아프리카계 흑인 간호사로, 다른 흑인 간호사들의 넉넉하고 온화해 보이는 이미지와 다르게 다소 깐깐해 보이는 인상을 가지고 있었다.

"미스 킴, 오늘 오후에 교육이 있으니 점심 먹고 1시쯤 내려 와요!"

외과계 중환자실 맞은편에 있는 교육장의 문을 열고 들어가니 반가운 얼굴들이 보였다. 같이 전체 병원 오리엔테이션을 들었던 데이빗과 세라였다. 같이 수업 들었던 동료들과 오랜만에 재회를 하니 너무 좋아 수다를 떨던 중 교육 간호사가 들어와 황급히 입을 다물어야 했다.

이날 교육은 중환자실에서 주로 다루는 기계에 대한 것이었고 기계에 대한 간단한 소개자료를 보고 나서 실제로 사용해 보는 시간을 가졌다. 교육받는 신규 간호사들이 6명 정도 됐기 때문에 3명씩 두 조로 나눠서 실습을 했다. 교육 간호사는 데이빗이 기계를 다루는 모습이 못마땅했는지 잔소리를 해대기 시작했다. 데이빗이 서툴었기 때문에 지도하는 방식이라고 생각할 수도 있었지만 이상하게 같이 교육받는 흑인 간호사들에게는 유독 친절하다는 느낌을 지울 수가 없었다. 교육이 끝난 후 카페테리아에서 동료들과 저녁을 먹었다. 세라가 먼저 교육 간호사 스완슨에 대한 얘기를 하기 시작했는데, 교육을 들을 때마다 백인인 자신들을 무시하고 다른 흑인 간호사들과 다르게 핀잔을 많이 준다는 불만이었다. 교육 간호사의 차별 대우는 나만 느낀 것이 아닌 모양이다.

그래도 일주일의 교육 기간을 무사히 마쳤다. 나는 무사히 마쳤다고 생각했으나 나중에 교육 간호사가 나의 에이전시인 브렛에게 내 영어 실력에 대해 문제를 제기했다는 이야기를 전해 들었다. 영어 공부의 부족함에 동의는 하지만 뭔가 자존심이 상하는 기분이었다. 실제로 대화를 많이 나눈 적도 없는데 꼭 그렇게까지 말했어야 할까. 나름대로 내 경력에 대한 자부심을 갖고 있기에 화는 났지만 미국에서 나는 신입 간호사일 뿐이라는 입장을 되새기며 긍정적으로 생각하기로 했다.

그리고 6개월 뒤, 병동에서 우연히 데이빗을 만났다. 반가운 마음에 세라의 안부를 물었는데 그녀가 한 달 전에 병원을 그만두었다는 것이다. 교육 기간 중 그만두고 나가는 것은 그리 놀라운 일이 아니었지만 세라가 교육 간호사와 말다툼을 하고 그만두었다는 이야기에는 놀랄 수밖에 없었다. 교육 간호사의 인종차별에 더 이상 참지 못하고 디렉터에게 편지를 썼다는 것이다. 그 교육 간호사의 인종차별 문제도 한두 번의 일이 아니었는지 한 달 간의 징계가 내려졌다고 한다.

그동안 인종 차별이라는 건 일반적으로 우세하다고 생각하는 인종들, 특히 백인들이 흑인이나 아시아계의 사람들에게 하는 차별 대우라고 생각해왔다. 자신과 인종이 다른 사람들을 차별하는 태도 자체가 인종차별이라는 것을 새삼 깨닫게 되었다. 뉴욕은 여러 인종들이 모이는 곳인 만큼 서로를 인정하고 존중하는 문화가 발달되어 있을 것이라 생각했던 내게 이 사건은 아직 해소되지 못한 갈등의 일면을 보게 해주었다.

뉴욕은 인종차별 문화가 그리 심하지 않다는 이야기를 들었음에도 이후 또 인종차별에 관한 사건을 겪게 되었다. 출근하자마자 병동이 떠들썩한 어느 날이었다. 11번 방에 있는 환자 때문이었는데, 미국 병동에서는 환자의 안정을 위해 보호자가 환자 곁에 머무를 수 있는 시간이 제한되어 있다. 하지만 환자와 불가피하게 상주해야 할 경우라고 판단되면 환자의 안정을 우선하는 차원에서 허락하기도 한다. 11번 방의 환자는 흑인 남자였는데, 바로 어제 복부 수술을 받았다. 지난밤부터 계속해서 불편을 호소하면서 보호자를 불러달라고 난리를 쳤다고 한다. 내가 출근한 아침 7시까지도 그의 소란은 계속되었다. 다행히 7시 30분쯤 보호자와 통화가 되고 난 후에야 잠잠해졌다.

10시쯤 보호자인 아내가 찾아왔다. 방에 들어가서 환자와 얘기를 나누는가 싶더니 곧 밖으로 나와서는 누가 남편의 담당 간호사냐고 물으며 다짜고짜 화를 내기 시작했다. 온 복도에 아프리카 특유의 억양과 큰 목소리가 메아리쳤다. 흥분을 가라앉히지 못한 여자는 왜 진통제를 안 줬냐며 격양된 어조로 항의했다. 하지만 처방된 진통제는 두 가지 종류이고, 4시간 간격으로 처방이 가능하기 때문에 오전 8시에 약을 먹었으니 12시까지는 기다려야 했다. 하지만 그녀는 들은 척도 않고 당장 진통제를 처방하라며 윽박질러댔다. 급한 마음에 담당 의사에게 이 상황을 전달했지만 수술 중이라 오지 못한다는 말만 돌아올 뿐이었다. 난감했다. 결국 진통제 오더를 받아 처방하긴 했는데 조금 진정되는가 싶다가도 다시 아프다고 난리를 쳤다. 10분마다 콜벨을 눌러댔고 그때마다 보호자도 흥분했다. 혼란 그 자체였다. 보호자는 날 쏘아붙이며 내 영어 실력이 서툴러 의사 전달이 되지 않는다며 간호사를 바꿔달라 억지를 부렸다. 그 전날 백인 간호사와 흑인 간호사가 배정되었을 때도 컴플레인이 있긴 했지만 이렇게까지 간호사를 무시하는 태도로 항의하진 않았다. 주변 동료 간호사들이 느끼기에도 그 흑인 부부가 나에게 유달리 심한 반응을 보이고 까다롭게 굴었다는 걸 듣고 보니, 인종차별을 당했다는 생각이 들었다.

이처럼 보호자와 충돌하는 일이 처음은 아니었지만 외국에서 말도 안 통하는 사람 취급을 받으니 몹시 화가 나기도 했다. 병원에 들어온 지 6개월도 채 지나지 않아 생긴 일이라 대처할 방법이 떠오르지 않았다. 원어민 수준의 영어 실력은 아니지만 간호사로서 부족하다고 생각한 적은 없었다. 아침부터 쉼 없이 환자를 돌보고 있었을 뿐인데 욕을 듣질 않나, 인종차별을 당한 듯한 꺼림칙함에 기분이 좋을 리 없었다.

이 사건 이후 나도 환자나 보호자를 대하는 태도를 바꿔야겠다고 생각했다. 규정을 준수하는 것은 간호사만의 일이 아니다. 병원의 규정을 어기고 무리한 요구를 한다면 그것은 환자의 건강에도 좋은 일이 아닌 것이다. 간호사는 전문가다. 규정과 원칙을 지켜 환자를 돌보

왔다면 당당히 자신의 의견을 말할 수 있어야 한다. 물론 보호자와 싸워서는 안 된다. 간호사는 병원에서 존중받아야 할 전문가이고 규정에 따른 처방은 의사소통과 별개의 일이다. 만약 간호사를 바꾸고 싶으면 공식적으로 'patient relations(환자의 불편 사항을 받고 처리하는 곳)'에 신고를 하라고 말하면 된다. 이럴 경우에는 환자의 요구와 그에 대응한 조치를 상세히 기록해 두어야 후에 법적인 문제가 발생하더라도 스스로를 보호할 수 있다.

보호자가 불편 사항에 신고를 하면 담당 부서에서 병동으로 연락하여 담당 간호사와 통화를 한다. 나는 오늘 있었던 일에 대해 전반적으로 얘기를 했고, 몇 분 뒤에 직원이 올라왔다. 직원이 올라오면 환자와 보호자와 면담을 하고 난 다음, 간호사와 얘기를 나눈다. 해결책을 찾기 위해 수간호사와도 얘기를 나눈 후 최종 결정을 내리고 피할 수 없는 상황이면 담당 간호사를 교체하기도 한다.

미국이 넓은 만큼 뉴욕이라는 곳도 거대한 도시다. 이곳에선 정말 상상을 초월하는 일들이 간혹 벌어지곤 한다. 당신이 뉴욕에서 간호사로 살아보길 바란다면 이러한 환경에 익숙해져야 한다. 문제가 일어나는 것이 문제가 아니라 어떻게 대처해나갈지가 중요하다.

환자 바꾸기
눈치 싸움

전날 출근을 하고 다음 날도 출근할 경우 환자가 다른 병동으로 이동하거나 퇴원하지 않는 한, 간호의 연속성을 위해서라도 대부분 같은 환자를 돌보게 된다. 이때 환자의 상태가 업무의 강도이다 보니 출근할 때마다 본인이 담당할 환자를 확인하는 일이 최우선이다.

병동에서 일한 지 얼마 되지 않았을 때 환자가 너무 불공평하게 배치되었다고 생각해서 변경해달라고 요청을 한 적이 있다. 준중환자실에서 일하기 시작한 지 얼마 안 되서 일어난 일이었다. 아침에 일을 하러 와보니 스테이시와 삼마루가 있었다. 둘은 전날 일했기 때문에 오늘도 어제 맡은 환자를 보게 되었다. 내가 볼 환자 세 명의 상태가 좋지 않았는데 세 환자 간에 물리적인 이동 거리가 너무 멀었다. 9번 방 환자는 집에서 넘어져서 오른쪽 고관절 대치술을 받은 80대 후반의 치매 노인 환자였는데, 침대에서 나오려고 할 때마다 정맥주사를 자꾸 빼서 문제가 되는 환자였다. 12번 방 환자는 배의 상처 부위에서 MRSA(Methicillin-Resistant Staphylococcus Aureus)균[1]이 나오고 계속해서 가스가 차는 바람에 장루주머니(Colostomy)[2]가 터져서 지속적으로 전체 드레싱을 갈고 옷을 갈아입혀 주어야 했다. 이 환자의 경우 병실 안에 들어갈 때마다 가운을 입고 장갑과 마스크를 쓰고 들어가야 하고, 한번 들어가면 처치 시간이 무척 오래 걸린다. 7번 방 환자는 미세한 뇌출혈로 입원한 환자인데 머리에 심한 타박상을 입은 상태였고 정신적으로 불안정한 상태여서 침상에 계속 누워 있어야 하는 환자였다. 세 명 모두 세밀한 관찰(close observation)이 필요한 상태였는데 병실끼리 너무 멀리 떨어져 있어서 환자들을 모두 간호하기가 어려웠고 환자의 안전을 보장할 수 없다는 생각이 들었다.

그래서 바로 옆에서 일하는 스테이시에게 내 7번 방 환자와 그녀의 10번 방 환자를 바꾸는 것으로 환자 배정에 대해 얘기했지만 들은 척도 하지 않았다. 그녀를 설득하려다 보니 언성이 높아지기 시작했다. 결국 환자 배정을 바꿔주긴 했지만 언짢은 내색을 감추지 않은 채 돌아섰다. 아시아계 사람들은 서양인에 비해 자신의 생각이나 감정을 전달하는 데 소극적인 면이 많다. 그러나 자신이 불공평한 대우를 받고 있다는 생각이 들면 눈치 볼 것 없이 자기주장을 펼칠 수도 있어야 한다. 착하기만 하면 바보 취급을 받을 수 있다. 하여간 어느 나라에서건 이 말은 진리인 것 같다.

당신이 감당할 수 없다고 판단되면 가감 없이 "No"라고 말해야 한다. 이 사건으로 한동안 소문이 나쁘게 돌아 피곤하긴 했지만 결국 시간이 지나고 나의 본심을 알아주는 사람이 생기면 오해도 풀리기 마련이다. 참는 것이 능사는 아니다. 특히나 외국에서라면 더더욱 당신의 권리를 스스로 지킬 수 있어야 한다.

1. MRSA(Methicillin-Resistant Staphylococcus Aureus) infection

페니실린이나 세팔로스포린 등의 거의 모든 항생제에 강한 내성을 지닌 세균 감염으로, 거의 대부분이 병원 내 감염으로 발생한다. MRSA에 감염된 환자나 오염된 물체를 만진 후 손을 씻지 않고 다른 환자와 접촉할 경우 감염될 수 있다.

2. 장루주머니(Colostomy)

염증성 장 질환, 직장암, 혹은 대장암 등의 다양한 질병으로 인해 플라스틱 파우치로 된 장루주머니(인공 항문)를 착용하게 될 수 있다. 장루는 복벽을 통해 항문을 대신해 변을 배출할 수 있도록 해주고 파우치가 1/3이 차게 되면 갈아주어야 한다. 그렇지 않으면 샐 수가 있고 다른 문제가 없으면 3~4일 마다 바꾸면 된다. 장루주머니를 가지고 있으면 배변 조절 능력이나 변의가 없어지게 된다.

뉴욕에서
방송을 타다

도서관에서 시험 공부를 하던 중에 은지 언니가 계속 하늘만 쳐다보며 들뜬 미소를 짓고 있었다. 언니는 오늘따라 집중이 안 된다며 짐을 챙겨 집으로 갔다.

> "이번 주 금요일에 LA에서 외삼촌이 랍스터를 보낸다고 했으니까 수업 끝나고 우리 집에 가서 다 같이 먹자."

언니의 가족들은 LA에 살고 있고 외삼촌이 한인타운에서 고깃집을 운영하신다. 금요일! 수업이 끝나자마자 같이 공부하는 친구들과 같이 언니 집으로 향했다. 이날 하루 종일 하늘이 우중충하더니 결국 비가 내리기 시작했다. 드디어 도착했나 싶었지만 잠시 밖에서 기다리란다. 비도 오는데 기다리란 말에 기운이 빠졌지만 뭐 어쩔 도리가 없었다. 랍스터를 먹을 수 있는데 이 정도는 참아야지. 그때 무리 중 한 언니가 지나가는 차 앞에 '촬영'이라고 팻말이 붙어 있다며 위에 있던 언니와 친구가 허겁지겁 뛰어 내려오는 것이 아닌가. 무슨 촬영인가 보니 뉴욕에 사는 간호 학생들에 대한 다큐멘터리를 찍는다는 것이다. 귀띔이라도 해주지, 맨얼굴로 왔는데! 올라오라는 사인이 떨어지자 현관문을 열고 들어갔다. 안은 카메라가 잔뜩 설치되어 있었고 스텝들이 한쪽 공간을 꽉 메우고 있었다. 심드렁한 척했지만 막상 카메라를 마주하고 보니 입안이 마르기 시작했다. 현관문을 열고 나서 카메라들을 보느라 정신이 팔렸는데 갑자기 분홍색 머리에는 토끼 머리띠를 하고, 흰색 점퍼 슈트를 입은 덩치 큰 남자가 우리 앞에 나타났다.

"노홍철이다!"

뉴욕에 〈무한도전〉 촬영을 왔던 것이다. 노홍철을 보고 놀라 나도 모르게 밖으로 나가려다 붙잡혀 다시 들어왔다. 소파 앞에 카메라들이 세팅되어 있었고 노홍철은 우리를 그쪽으로 이끌었다. 그사이에 급한 대로 얼굴에 파우더와 립글로스라도 바르려고 방으로 들어가려다가 또 끌려나왔다. 그나마 그 장면이 방송에 나가지 않아 얼마나 다행인지 모른다. 지금 생각하면 조금이라도 화면에 잘 나와보겠다고 화장을 하려던 내 모습에 웃음이 날 뿐이다.

소파에 모여 앉아 촬영이 시작되었다. 뉴욕에 사는 얘기와 가족 얘기를 나누다가 〈무한도전〉에 보낸 언니의 사연에 대한 얘기가 시작되었다. 처음엔 몰랐는데 언니가 보낸 사연의 내용이 한국 간호 학생들이 뉴욕에서 생활하고 있고, 그 친구들 중 모태솔로가 있다는 것이었다. 결국 언니의 사연은 나를 주인공으로 하는 내용이었다. 처음에는 부끄러워서 가만히 있다가 노홍철이 사연의 주인공이 누구냐고 자꾸 캐묻는 바람에 살며시 손을 들었다. 모든 시선은 나에게로 향했고, 얼굴은 새빨개지고 머릿속이 하얗게 되었다. 그리고 갑작스러운 노홍철의 권유로 구애 영상을 찍게 되었다.

"외모는 안 보고, 착하고 조금은 매력이 있는 사람이었으면 좋겠습니다."

사실 외모를 전혀 안 보는 것은 아니었는데 방송 이미지상 그렇게 말한 것 같기도 하고 정신이 없어서 내가 무슨 말을 했는지는 나중에 방송을 보고 알았다. 노홍철은 내가 마음에 드는 사람들은 밑에 자막으로 나오는 이메일로 프로필과 함께 사진을 보내라고 했고, 〈무한도전〉 팀과의 즐겁고 떨렸던 인터뷰가 끝났다. 약 2주 정도 후에 방송이 된다고 했는데 방송될 날만 손꼽아 기다렸던 것 같다.

뉴욕 시간이 서울보다 13시간 느리기 때문에 한국에서 〈무한도전〉이 방송이 되고 있을 새벽에 수십 개의 메시지를 받았다. 초등학교 때 꿈은 유명해지는 것이었고 TV에 나오면 그게 유명해지는 것이라고 생각했다. 그런 날이 오늘일 줄 몰랐고, 그 장소가 뉴욕일 거라고는 생각조차 못했다. 혼자 살아가야 하는 뉴욕 생활에 조금 지쳐 있었는데 이렇게 소소한(?) 이벤트가 힘이 될 때가 있다.

처음 뉴욕이란 땅에 발을 내디뎠을 때 혼자서 살아갈 날들에 대한 걱정이 많았다. 그런데 어느 순간 나는 함께 이야기하고 밥을 먹고, 생각을 나눌 사람들이 생겼다. 솔로인 나를 위하는 따뜻한 마음을 주고받는 동료들도 생겼다. 혼자라고 생각할 필요가 없다는 것을 오히려 혼자 살아가면서 깨닫게 되었다. 사람은 누군가로부터 영향을 받고, 또 누군가에게 영향을 주며 살아간다. 뉴욕이든 한국이든 세상 그 어느 곳에서도 우린 사람으로부터 성장해갈 수 있다. 혹시 당신이 외국에서의 생활을 꿈꾸고 있다면 당신은 혼자가 아니라는 말을 꼭 해

주고 싶다. 어디를 가더라도 당신을 아껴줄 친구가 나타날 것이다. 그들과의 소소한 이벤트가 당신을 웃게 할 것이라 믿는다.

〔무한도전〕
'I ♥ New York'에는 외로움도 있지만
기쁨과 행복도 공존한다.
따뜻한 사람들이 함께니까.

〈무한도전〉 출연,
그 이후

〈무한도전〉 뉴욕 편이 방송된 지 2주가 지났다. 방송의 효과는 정말 놀라웠다. 심지어 몇 년이 지났는데도 〈무한도전〉만 재방영해주는 채널이 있어서인지 간간히 중국이나 한국에서 방송에 소개됐던 내 메일로 연락이 계속 오고 있다. 무한도전의 세계적인 위력을 몸소 느꼈다. 전 세계에서 날아든 이메일만 900통이 넘는 것 같다.

그중 뉴욕대 대학원에 다니고 있는 김○○이라는 남자가 보내온 이메일이 기억에 남았다. 내용은 자기가 있는 학교에도 솔로남들이 많으니 단체 미팅을 하자는 것이었다. 장난처럼 시작된 말이었지만 남자친구 없는 언니들과 함께 진짜 미팅을 하게 되었고 맨해튼 32번가 한인타운에 있는 라운지 바에서 만났다.

라운지 바는 엠파이어스테이트 빌딩 근처 맨 위층에 자리 잡고 있어서 뉴욕의 야경을 한눈에 내려다볼 수 있는 곳이었다. 여러 종류의 칵테일과 술을 주문하고 앉아서 대화를 나누다 보니 늦은 밤까지 자리가 이어졌다. 그중 서로 마음이 있는 사람들끼리는 종종 만남을 가졌다. 나도 맘에 드는 사람이 있었지만 사랑이 마음처럼 되나. 비록 나는 성사되지 않았지만, 나 대신 남자 쪽 주선자였던 김○○ 오빠와 언니 중 한 명이 커플이 되어 결혼까지 골인했다. 지금은 뉴저지에서 딸을 낳고 잘 살고 있다. 언니 얘기만 하면 너는 그때 대체 뭐 했냐고 쏘아붙이는 엄마 때문에 지금은 말을 꺼내지도 못한다.

사실 900통의 이메일 중에 뉴욕에서 만나본 사람이 4~5명 정도 된다. 그중에 한 명은 오하이오에서 학교를 다니고 있는 사람이었는데, 이메일을 주고받다가 전화 통화까지 하게 되었고 나를 보러 뉴욕에 오기도 했다. 그는 장장 8시간 버스를 타고 왔고, 3박 4일을 뉴욕 플러싱의 한인민박집에 머무를 거라고 했다. 그 사람을 마중하기 위해서 버스 정거장에 나가 기다렸고, 드디어 만나게 되었다. 3박 4일 동안 이틀 정도 같이 시간을 보낸 후 그는 다시 오하이오로 돌아갔다. 돌아가기 전에 내게 진지하게 만남을 가져보자고 했지만, 아무래도 원거리 연애는 힘들 것 같아서 거절했다.

두 번째 남자는 뉴욕에서 일하는 한국인 디자이너였는데, 외모는 내 이상형과 거의 일치했다. 몇 번 만났는데 남자 쪽에서 내가 〈무한도전〉에 나온 순수한 이미지와 다른 것 같다며, 오빠 동생 사이로 지내는 게 좋을 것 같다고 장문의 메시지를 보냈다. 문자를 받고 너무 황당해서 그 뒤로 더 만나지 않았다. 내 이미지가 대체 어땠다는 말인지. 그 후로 몇 명의 남자들을 더 만나보았지만 뜻대로 되지 않아 결국 인연은 하늘에 맡기기로 했다.

한국에 있을 때도 남자를 사귀는 게 쉽지 않아서 뉴욕에 가면 새로운 인연이 있을 거라는 기대에 부풀었던 것도 사실이다. 뉴욕에 있는 동안 친구들과 맨해튼에 있는 한국 클럽도 가 보고, 병원에서도 여러 사람들을 만났지만 인연을 만나기란 쉽지 않은 일 같다. 뭐, 조급하진 않다. 나는 지금의 생활도 충분히 행복하고 인연은 언젠가 만날 가능성만 남겨두면 그만인 것이다.

다양한 미국 간호 인력의 종류

- **CNA**(Certified Nursing Assistant)

  환자의 활력징후 측정, 드레싱, 활동 보조(화장실, 목욕, 식사 제공, 환자 이송 및 병실 정리)

  CNA, NA, PCA 등 주마다 부르는 용어가 다르고, 병원마다 역할이 조금씩 차이가 날 수 있지만 비슷한 의미를 가진다. CNA 트레이닝 과정을 거치기 위해서는 우선 고등학교 졸업 이상의 학력이 필요하고, 프로그램 강의와 임상 실습을 포함해 4~12주 정도의 기간 내에 수료할 수 있다. CNA 파트타임을 하면서 간호학과 학비를 버는 사람들이 상당히 많다.

- **LPN**(Licensed Practical Nurse)

  처방된 약 투여, 정맥 주입, 모니터링, 활력징후 측정, 의료 기록 작성

  실무 담당 간호사로, RN의 감독하에 업무를 진행하며 환자의 입·퇴원, 정맥 주입 및 수혈을 독자적으로 진행할 수 없다. 미국의 LPN이 되기 위해서는 1~2년 교육 과정을 받고 국가에서 주관하는 NCLEX-PN에 합격해야 한다. 주로 간호 인력이 부족한 곳에서 LPN을 뽑는다.

- **RN**(Registered Nurse)

  처방된 약 투여, 정맥 주입, 수혈, 체내 삽입관 관리, 입·퇴원 및 수술 전·후 관리, 환자의 신체사정 파악, 의료 기록 작성

  미국의 간호사 국가고시 같은 NCLEX-RN(National Council Licensure Examination for Registered Nurses)에 응시해서 합격한 간호사들을 말한다. 미국 간호대학을 졸업한 내·외국인, 외국 간호대학 졸업 및 간호사 면허 소지자 등이 지원할 수 있다. 전문적 지식뿐 아니라 비판적 사고, 공감력, 다른 의료 전문직들과의 협력도 중요한 부분이다. 간호사는 병원, 장기 요양시설, 보건소, 기업, 학교 및 정신건강센터 등 다양한 환경에서 근무할 수 있다.

- **APRN**(Advanced Practice Registered Nurse)

간호사 면허를 가진 사람들 가운데서도 대학원 석사 이상의 트레이닝을 받은 간호사를 말한다. 석사 학위 이상의 특정 프로그램과 임상 실습을 수료해야 자격을 얻을 수 있다. 미국은 의료 분야마다 APRN이 체계적으로 활성화되어 있어 그 종류가 다양하다. 크게 NP, CRNA, CNS, CNM 네 종류로 분류된다.

① NP(Nurse Practitioner)

독자적으로 환자를 사정(assessment)하고 진단 및 검사 결과를 분석할 수 있다. 필요에 따라 약물을 처방할 수 있다. 환자 케어에 주도적으로 개입할 수 있으며 환자의 치료 전반에 대한 보호자 교육 및 상담. 환자의 의료 기록을 관리한다. 다만 주(state)에 따라, 특정 분야에 따라 주도적으로 할 수 있는 일의 범위가 다를 수 있다. NP는 환자의 다양한 환경과 연령층에 따라 ANP(Adult NP), PNP(Pediatric NP), FNP(Family NP), GNP(Gerontological NP) 등으로 분류될 수 있다.

② CRNA(Certified Registered Nurse Anesthetists)

수술 중 환자 마취를 총체적으로 관리하고 약물 처방, 투여 및 기관 삽관(Intubation) 등 마취 관련 행위를 수행할 수 있다. 한국의 경우 마취 전문 간호사 과정이 따로 없고 경력 간호사들 중 자리가 나면 희망하는 자에 한하여 배치한다. 미국 마취 전문 간호사는 NP 중에서도 인기가 많은 편인데, 간호 관련 직종 중 연봉이 가장 높은 것으로 알려져 있다(평균 연봉: $165,120 = 약 1억 9661만 원).

③ CNS(Clinical Nurse Specialist)

의료업계 직종과 협력하여 환자 관리를 최적화하고 병원을 평가하기도 한다. 처방권은 없으나 병원을 관리하고 업무 시스템에 대한 평가를 내리고 대안을 검토하기도 한다. 또한 환자를 관리하는 직원들을 상담하거나 교육하기도 한다.

④ CNM(Certified Nurse Midwife)

여성의 생식 건강과 분만을 전문으로 하는 임상 전문 간호사이다. 분만을 하는 것 외에

도 산부인과 상담 및 처방이 가능하다.

• PA(Physician Assistant)

의사의 감독하에 진단, 검사 결과 분석, 처방, 수술 보조

일차 진료에서 의사 인력 부족을 극복하기 위한 직군으로 활성화되었다. 전공

과 무관한 4년제 학사 수료 후 의료 업종 관련 경력을 3년 이상 쌓으면(의료 기계

기술직, CNA, 의료 봉사활동 등) PA 교육 과정 학교에 입학할 자격이 주어진다. 입학하

면 2~3년 정도 기간을 두고 수료할 수 있다. 엄밀히 분류하면 간호 인력으로

보기엔 어렵지만 한국의 경우 PA 교육 과정이 따로 없고 일반 간호사들 중 선

발되기도 하기에 전혀 무관하다고 보기도 어렵다.

CHAPTER 4

파란만장 자코비 메디컬 센터

베드버그에
점령당한 병동

아침에 출근했을 때만 해도 9개의 침대가 환자들로 가득 차 있었지만, 점심 이후 상태가 호전된 환자 3명이 빠져나간 덕분에 조금은 여유로운 오후를 보내며 방을 치우고 있었다. 그때 응급실에서 환자를 인계받을 수 있는지 연락이 왔다. 오른쪽 다리가 골절된 70대 남성 환자였는데, 대개 외과적 수술이 필요하기 때문에 인계를 받아 2인실에 배정했다. 이 환자는 노인 아파트에 혼자 살고 있었다는데 돌봐주는 사람이 없는지 지저분한 차림새에 지린내가 코를 찔렀다. 옷에 소변을 본 건지 바지도 축축하게 젖어 있었다. 응급실에 실려 오다 보면 노인들의 경우 당황해서 실수를 하기도 하니 그러려니 했다. 반대쪽 방에는 왼쪽 다리가 골절되어 수술 받은 80대 환자가 입실한 상태였다. 혼자 사는 노인들의 경우 집 안에서 넘어져 골절을 당하는 경우가 가장 많다. 수술을 하고 나서도 회복이 더뎌서 어느 정도 안정될 때까지 경과를 지켜봐야 한다.

환자가 응급실에서 올라오면 우선 클렌징폼 성분의 물티슈로 몸 전체를 닦아주고 옷을 갈아입힌다. 이러한 일은 간호조무사와 담당 간호사가 맡으며, 이때 간호사는 환자의 몸 상태를 체크한다. 다른 병동에서 온 환자라면 피부가 깨끗한지, 욕창이 있진 않은지를 확인한다. 환자와 자연스럽게 대화를 하면서 환자의 의식 상태를 파악하기도 한다. 담당이었던 스테이시도 바지에 소변 실수를 한 것 빼고는 별다른 이상을 발견하지 못했다고 했다.

그런데 다음 날 병동에 왔더니 난리가 나 있었다.

"어제 응급실에서 온 9번 방 환자가 알고 보니 베드버그를 갖고 있었는데 이미 옆에 있던 환자한테 옮겼대."

베드버그는 습한 곳을 좋아하는 빈대과의 해충인데 뉴욕에 특히 많다. 대도시인 뉴욕과 어울리지 않는 해충이지만, 돈으로 쌓아 올린 높은 빌딩들만큼이나 낮고 깊은 곳에서 열악하게 사는 사람들의 감취진 이면일 것이다. 뉴욕에 왔을 때 가장 먼저 들었던 이야기가 집을 구할 때 베드버그가 있는지 반드시 확인하라는 말이었을 정도로, 침대에 붙어 사는 이 벌레는 너무나 찝찝한 해충이었다. 겉으로 깨끗해 보이는 집에서도 발견되는 것이 베드버그다. 하지만 가정집에서는 발견될 수 있어도 병동에서 발견되어서는 안 될 해충이었다. 병원에는 면역력이 떨어진 환자들이 있기에, 해충에 알레르기가 있는 환자가 감염이라도 된다면 자칫 생명이 위험해질 수도 있기 때문이다.

베드버그를 가진 환자는 보통 응급실에서 걸러내어 1인 격리실로 옮겨지고, 베드버그가 박멸될 때까지 입원시켰다가 병동으로 올려 보낸다. 하지만 응급실에서 알아채지 못하는 바람에 바로 병동으로 보내져서 옆에 있는 환자에게까지 옮긴 것이다. 병원 전체로 퍼져나가지 않았더라도, 소문이 퍼지면 병원 전체가 불안해질 뿐만 아니라 병원의 이미지 자체가 타격을 받을 수 있는 상황이었다. 병원에 도착했을 때는 병원 고위 책임자들 몇 명과 디렉터가 병동에서 심각하게 이야기를 나누는 중이었다.

다행히 환자를 터치했던 간호사나 간호조무사, 의사에게 베드버그가 옮지는 않았으나 같은 병실에 있던 두 환자는 각각 1인 격리실로 보내졌고, 두 환자가 쓰던 이불이나 침대는 폐기됐다. 오후에는 환자의 보호자가 병원을 찾아와 고소하겠다고 으름장을 놓고 갔다. 병원 입장에서는 난처한 상황이어서 그날 병동의 공기는 하루 종일 어수선했다. 뉴욕에 살면서 베드버그의 공포를 실감하게 한 사건이었다. 화려하게 보이지만, 소외되고 가난한 사람들의 삶에 기생하고 사는 이 해충이 뉴욕의 명암을 상징하듯 선명하게 다가왔다. 한국도 고령화와 독거노인이 사회적인 문제로 대두되고 있는데, 이러한 문제는 비단 한국만의 이야기가 아니다. 전 세계의 자본이 몰린다는 뉴욕 거리에도 하루 밥벌이를 못해 구걸하고 고독하게 방치된 사람들이 있다. 병원에서 근무하다 보니 늙고 아픈 몸 때문에 마음까지 상한 사람들이 이렇게 많았나 하는 생각을 하게 되었다.

뜻하지 않은
병원에서의 1박 2일

뉴욕의 날씨는 한국의 사계절과 거의 비슷하긴 하지만, 여름과 겨울이 상대적으로 길어서 덥다가 좀 서늘해졌다 싶기 무섭게 겨울로 접어든다. 뉴욕은 생각처럼 공기가 좋은 편은 아니지만 한국의 하늘보다 푸르고 맑은 편이며 매연도 서울에 비해 덜하다. 여름엔 햇살이 무척 따갑고 대개 35도를 넘어가지만, 습도가 낮은 편이라 더위가 그리 불쾌하지만은 않다. 그늘 아래에서 불어오는 바람은 시원하기까지 하다. 겨울에 눈이 많이 올 때는 무릎 높이까지 쌓일 때가 있어서 이럴 경우엔 학교도 쉰다. 그러나 병원은 날이 더워도, 눈이 와도 쉴 수 없는 곳이다.

특히 뉴욕의 겨울은 폭설이 잦아서 눈이 내리는 날은 병원도 응급 상황이 된다. 눈이 내리면 길이 통제되어 출근할 수 없는 경우가 속출하기도 한다. 이날도 그랬다. 길이 막혀 간호사 몇 명이 출근할 수 없게 된 것이다.

"미스 킴, 내일 오전까지 병원에 있어줄 수 있어요?"

아래층에 있던 디렉터와 수간호사가 걱정이 가득한 말투로 오늘은 병원에서 자고 아침에 다시 일해줄 수 있냐고 내게 물었다. 디렉터의 태도는 정중하면서도 필사적이었다. 피곤이 쌓여 집에 가고 싶었지만 병원의 상황을 모른 척할 수도 없었다.

"혹시 병원에 씻고 잘 곳이 있나요?"

사실 병원에서 자본 적이 없어서 숙박 가능한 시설이 있는지 알지 못했다. 오피스에 가면 지시사항이 있을 테니 가 보라고 했다. 오피스 앞에는 이미 나처럼 발이 묶인 간호사들이 모여 있었다. 줄을 섰다가 차례가 되어 이름을 말하니 묵을 장소를 가르쳐주었다. 병원 카페에서 저녁을 해결할 수 있는 쿠폰, 일회용 세면 도구와 병원에서 쓰는 환자용 이불을 지급받았다. 이런 경우 친구가 다니는 다른 병원은 자는 시간까지 계산해서 급여를 지급한다는데, 내가 있는 병원의 정책은 조금 달라 잠자는 시간은 포함되지 않았다.

그날 밤에 내가 머무를 곳은 일하는 빌딩과는 조금 떨어진 병원의 외래 진료실이었다. 진료실에는 간이 침상이 하나씩 있어서 환자용 이불을 깔고 잘 수 있었다. 여러 개의 방에 간호사와 간호조무사들이 배치되었다. 일단 병원 카페에서 커피와 샌드위치를 받아 들고 다른 간호사 선생님의 임시 방에서 같이 먹었다. 병원에서 1박을 하는 것이 둘 다 처음이었기 때문에 피곤하긴 했어도 재미난 경험이었다. 밥을 먹고 샤워장에 가서 머리만 감고 누웠다. 창밖으로는 한국에서는 상상도 못할 정도의 눈이 쌓여 가고 있었다.

다음 날 출근을 하니 아침에 일할 간호사는 나밖에 없었다. 오전 근무 간호사 한 명은 늦는다고 했고, 다른 한 명은 길이 막혀서 올 수 없다는 것이다. 정말 응급 상황이었다. 지난밤에 일한 간호사들까지 쉬지 못하고 오전 연장 근무에 돌입해야 했다. 어떻게 하루가 갔는지 모를 정도로 정신없이 보냈다. 병원이란 곳은 24시간 운영되는 곳이다. 환자의 생명과 안정이 최우선인 만큼 의료인의 개인적인 사생활보다 일이 우선되어야 하는 공간이다. 한국이든 미국이든 간호사를 꿈꾸는 사람이라면, 의료인으로서의 의무와 책임의식을 갖는 것은 너무나 당연한 일이다. 일을 하다 보면 지치고 힘들 때가 있다. 부끄러운 고백이지만 가끔 간호사라는 직업을 단순히 직업으로만 생각하고 환자를 일거리로 보게 될 때가 있다. 몸이 지치면 자꾸만 일을 피하고 싶어지는 심리가 발동한다. 사람이다 보니 그런 생각이 드는 것이 어쩌면 당연할지 모른다. 한국이나 미국이나 환경과 시스템의 차이가 있을지라도, 병원에서 의료인으로서 가져야 할 태도와 책임은 다르지 않다. 간호사라는 직업을 통해 내가 배운 것은 의료지식과 기계를 다루는 스킬만이 아니다. 생명의 존엄성과 나보다 우선되어야 할 환자에 대한 존중도 배웠다.

그날 밤, 뉴욕 거리에 쌓여 가는 눈을 보며 잠이 들었다. 병원 진료실 간이침대에 이불을 깔고 누웠던 그 낯섦이 싫지만은 않았다. '나도 조금은 어른스러워진 것일까' 하는 생각이 드는 밤이었다.

노숙자의
병원 탈출 대소동

　폐나 뇌에 문제가 있으면 식음료 섭취에 제한을 두게 된다. 이런 상황이 길어지게 되면 환자가 날카로워지는데, 그 신경질적인 반응을 받아줘야 하는 건 의사가 아니라 환자를 상시 돌봐야 하는 간호사들의 몫이다.

　한겨울에 한 노숙자가 병동에 들어왔다. 혹한을 견디지 못해 병원의 응급실을 직접 찾아오거나 실려 오는 경우가 더러 있다. 이 환자의 경우 술을 마시고 걷다 넘어져서 뇌진탕 증세가 있어서 병원을 찾아온 것이다. 머리에서 피가 나서 CT scan을 찍어보니 우려했던 대로 뇌출혈이 발견되었다. 뇌출혈이 있었기 때문에 수술이 시급한 환자였는데, 혈액에 있는 소디움(나트륨) 수치가 낮아 물을 제한해야만 했다.

환자에게 물을 마실 수 없다고 설명을 했지만 그는 납득하는 것 같지 않았다. 환자는 자신의 병에 대해 전혀 인식하지 못했다. 소란을 피우다 병실이 조용해져서 들어가 보니, 병실 세면대에서 물을 받아 먹고 있었다. 간호사가 바로 의사에게 전했지만 담당 의사가 와도 환자는 돌발 행동을 멈추지 않았다. 이미 상당한 양의 물을 마신 다음에야 차분해졌다. 일단 환자가 진정되었기 때문에 피검사를 했다. 소디움 수치가 너무 낮아지면 뇌의 손상과 함께 경련을 일으킬 수 있다. 이런 상황을 피하기 위해서 고용량의 소디움 용액을 정맥주사로 투여해야만 했다.

그런데 다른 병실에 들른 사이에 환자가 사라졌다. 병실 침상에는 환자가 빼놓은 정맥주사 바늘의 흔적만 보였다. 간호사들과 간호조무사들 모두 자신의 환자를 케어하고 있었기 때문에 그가 어디로 갔는지 알 수가 없었다. 긴급한 상황이었다. 그때 한 직원이 어떤 남자가 비상구 계단으로 내려가는 것을 봤다는 것이다. 병원 1층 경비에게 전화를 해달라고 하고 황급히 비상구 쪽으로 뛰어 내려갔다. 하지만 환자는 이미 도망간 상태였고 결국 찾지 못했다. 한국 중환자실에서 일할 때는 환자가 도망간다는 것을 상상조차 해 본 적이 없었기에 이런 상황이 무척 당황스러웠다.

병동에 올라온 지 30분 정도 지났을 때 병원 경비로부터 연락이 왔다. 노숙자 환자는 병원에서 200m 정도 떨어진 곳에서 환자복을 입고 가다가 경찰에게 잡혔다는 것이다. 다시 병실로 돌아온 게 불행 중 다행이었지만, 환자와 또다시 실랑이를 벌여야 할 생각에 벌써 지치기 시작했다. 환자는 붙잡혀 온 게 억울했는지 씩씩거렸지만 얼마 되지 않아 금방 곤히 잠들었다.

한 시간쯤 지났을까, 그는 다시 복도까지 걸어 나와 병원에서 나가게 해달라고 소리를 치고 있었다. 삼마루가 환자를 진정시키느라 애를 먹고 있었다. 미국 병원에서는 아직 치료가 필요한 상태인데도 불구하고 환자가 자의로 퇴원을 원하는 경우에, AMA 서류(Against Medical Advice form)[1]에 환자가 사인을 하면 퇴원 조치를 하게 되어 있다. 하지만 또 환자가 정신적으로 문제가 있다고 판단되면 AMA 서류에 사인을 받지 못하게 되어 있기 때문에 그를 퇴원시킬 수 없었다.

환자를 지키기 위해 어쩔 수 없이 시터(Hospital Sitter)[2]를 옆에 세워두었다. 한국에서는 없는 시스템으로, 환자가 정신적으로 문제가 있어서 정맥주사나 몸에 있는 튜브를 자꾸 빼려고 할 때, 계속 병원에서 도망가려고 하거나 혹은 혼자 놔두면 위험이 있다고 판단될 때 환자를 돌볼 사람을 붙이는 것이다. 병실에서 환자 옆에 앉아 환자를 지속적으로 감시하는 역할이다. 간호사는 계속 그 환자만 보고 있을 수 없기 때문에 널싱 오피스(nursing office: 간호사 인력을 관리하는 병원 내 사무실)에 전화를 해서 의사의 오더만 떨어지면 시터를 불러 환자를 돌볼 수 있다. 환자에게 문제가 생기면 시터는 바로 간호사에게 보고한다.

시터를 붙이고 나서야 안심하고 다른 일을 할 수 있었다. 다음 날 아침 환자의 피 검사 결과가 정상으로 돌아오면 바로 수술을 할 예정이었기 때문에 일단 저녁은 금식을 하기로 했다. 노숙자들은 먹을 걸 주지 않으면 난동을 피우는 경우를 많이 보았기 때문에, 저녁 시간이 다가오자 걱정이 되기 시작했다. 일단 환자는 낮의 소동들로 피곤했는지 내가 퇴근할 때까지는 계속 자고 있었다. 밤 근무를 하는 간호사에게 인계하고 퇴근했는데, 아니나 다를까 퇴근하고 나서 밥을 주지 않는다고 한바탕 난동을 부렸다고 한다. 그날 밤에도 달아나려다 잡혀왔다고 하던데, 이런 돌발 상황이 발생하는 순간 간호사들의 업무 강도가 몇 배는 높아지는 것 같다. 다음 날 병원에 가 보니 침상 난간에 억제대(restraint)를 착용하고 있었다. 피 검사 결과가 정상 수치로 돌아온 걸 확인하고 점심시간쯤 되어서야 무사히 수술을 할 수 있었다.

1. AMA(Against Medical Advice) form

환자가 의사의 의학적 조언에 반하여 자의적으로 퇴원을 강행할 때 의료기관에서 사용하는 서류의 한 종류이다. 예를 들어 환자가 의사가 권고하는 검사를 의도적으로 받지 않거나 병원의 치료 절차가 끝난 시점이 아닌데도 치료를 거부할 때가 있는데(이럴 때는 DAMA-Discharge Aganist Medical Advice라고도 한다) 그때 의료기관에서 치료의 의무를 다했으며 환자의 거부 의사로 치료를 중단함을 증명하는 서류이다.

2. Hospital Sitter

관리 및 보호가 필요한 환자에게 보살핌을 제공한다. 간병인에 가깝지만 일반 간병인과 달리 자살 위험, 공격성이 있는 환자들을 다룬다. 의사의 오더를 통해 환자 보호 조치의 일환으로 제공된다. 한국에는 존재하지 않는 직업으로, Patient Sitter 또는 Patient Companion이라고도 한다.

금단 증상에
돌변하는 마약중독자

한국과 달리 미국 병원에선 입원한 환자들 중 마약중독자를 흔히 볼 수 있다. 일반 병동임에도 마약으로 인한 정신질환을 가진 사람들이 많은 것이다. 그만큼 마약중독자들이 입원했을 때를 대비한 가이드라인이 엄격한 편이다. 금단 증세로 인한 환자의 돌발 행동을 막기 위해 지속적인 관찰 또한 필요하다. 환자의 안전만큼 근무자의 안전도 중요하기 때문에 환자를 대할 때는 반드시 병실 문 쪽으로 서라는 교육을 받기도 한다.

바로 옆 병동인 3A 준중환자실은 환자들이 상태가 나아지면 가게 되는 외과계 일반 병동이다. 일반 병동으로 옮겨지면 원래 중환자실에서 가지고 있던 혈압, 맥박 및 산소 모니터들이 제거되기 때문에 혼자 움직이기가 수월해진다.

한번은 중환자실에서 100kg가 넘어 보이는 40대 초반의 여자 환자를 받은 적이 있었다. 그녀는 마약중독자였는데, 횡단보도를 건너다가 교통사고를 당해서 병원에 들어오게 되었다. 원래는 중환자실에 있을 정도로 위독했다고 했지만, 치료를 받은 덕에 준중환자실에서도 상태가 호전되어 이틀 정도 후에 일반 병동으로 옮겨갈 수 있었다.

"미스 킴, 위험해! 피해!"

환자 케어를 마치고 나와 가운을 벗고 있는데 갑자기 스테이션의 프린스가 소리를 질렀다. 너무 놀라서 뒷걸음치고 있는데 내 앞에 거구의 여자가 알몸으로 뛰어오고 있었다. 너무 놀라 몸이 경직되었지만 다행히 그녀는 종이 한 장 차이로 나를 스쳐 지나갔다.

환자의 얼굴이 눈에 익었다. 아침엔 분명 시터와 함께 노래를 흥얼거리며 병동 복도를 찬찬히 걸어 다녔던 것 같은데 저렇게 돌변하다니 놀라울 뿐이었다. 그녀는 소리를 지르면서 복도 이곳저곳을 뛰어다니고 있었다. 의료진이 마약성 진통제를 충분히 주지 않자 난동을 부리기 시작했다고 한다. 병실 창문을 손으로 깨서 탈출하려다가 뜻대로 되지 않자 3A 병동 복도에 있던 두 대의 모니터를 손으로 깨뜨려버렸고, 병동의 탈출구를 찾기 위해 복도를 뛰어 다니고 있었다.

순식간에 일어난 일이라 병원 경비에게 연락이 늦어졌고, 스텝들은 다른 환자들의 병실 문을 모두 안전하게 닫아둔 뒤 스테이션 아래로 몸을 피했다. 잠긴 병실 문 안쪽의 환자들은 놀란 얼굴로 밖을 쳐다보고 있었다. 경비 쪽에도 무슨 일이 있었는지 오는 데 시간이 꽤 걸렸다. 그사이 여자는 아직도 온 병동의 복도를 휩쓸고 다니며 보이는 대로 물건들을 때려 부쉈다. 손등에서 피가 흘렀지만 환자의 흥분은 가라앉지 않았다.

이런 상황이 낯설었던 나는 몸을 숨긴 채 떨리는 가슴을 부여잡고 있었다. 심장 소리가 내 귀에 들릴 지경이었다. 병원에 들어온 지 얼마 되지 않았을 때에도 마약에 중독된 환자를 돌본 적이 있긴 했다. 그때도 환자가 금단증상을 못 이겨 정맥주사를 스스로 빼고 탈출하려 했었다. 지혈이 안 되어 피를 철철 흘리면서도 필사적으로 병동을 나가려는 걸, 네 명의 스텝들이 한꺼번에 달려들어 겨우 제압한 적이 있다. 그때 생각만 해도 식은땀이 나곤 했는데 오늘 또 한 번 마약중독자에 의한 난동을 경험하게 된 것이다. 마약으로 빚어진 참사라는 점에서 이곳이 뉴욕이란 사실을 그날 다시 한 번 온몸으로 느꼈다.

그때 여자가 밖으로 이어지는 문의 스위치를 발견했다. 엘리베이터 문이 열리자 안으로 뛰어들었다. 엘리베이터 안에 아무도 없던 게 그나마 다행이라고 해야 할지. 문이 닫히고 엘리베이터 기둥의 램프 숫자가 1을 가리켰다. '탈출을 한 걸까?' 그것도 심장이 요동치는 일이다. 그러나 엘리베이터는 잠시 후 다시 올라오기 시작했다. 문이 열리자 그녀의 팔을 한쪽씩 잡은 경비의 모습이 눈에 들어왔다. 다행히 1층에서 경비와 마주쳐 붙잡힌 것이다.

그렇게 상황은 일단락되었지만 병실 복도는 허리케인이 지나간 듯했다. 환자는 금단증세가 더 심해져 결국 중환자실로 다시 내려갔다. 이러한 일이 자주 일어나는 것은 아니지만, 정신질환자들이 많은 미국 병원에서는 언제든 일어날 수 있는 일이기 때문에 이런 일을 예측하고 대비해야 한다. 그리고 이런 상황에서 제일 중요한 것은 환자들과 자신의 안전을 최우선해야 한다는 것이다.

흉악범도 아프다.
몸도, 마음도

내가 일하고 있는 자코비 메디컬 센터는 뉴욕 시립 병원이기 때문에, 노숙자와 수감자들 혹은 감옥에 들어가기 전에 치료를 받을 필요가 있는 사람들도 입원한다. 수감된 환자들을 보는 것은 처음이었기 때문에 환자를 대할 때 두렵기도 했다.

여자친구의 헤어지자는 말에 집으로 쳐들어가서 가족들을 칼로 살해하고 자살하려다가 잡혀오는 사람이 있는가 하면, 마약 밀매를 하다가 걸려서 도주 중에 다친 사람도 있었다. 미국 병원에서 일한 지 얼마 안 되었을 때는 이런 사람들을 만나는 것 자체가 두려워서 말도 제대로 하지 못했다. 이런 위험한 환자 곁에는 검은색 제복을 입고 무장을 한 뉴욕 경찰(NYPD)이 지키고 있다. 맨해튼 시내에 가면 뉴욕 경찰을 쉽게 볼 수 있다. 병원에서 거구의 경찰이 병실 앞을 지키는 모습도 흔히 볼 수 있는 풍경 중 하나다.

한번은 교도소에서 탈출하려다가 잡힌 30대 후반의 남자 환자가 입원한 적이 있었다. 한 번 탈출한 이력이 있던 수감자였기 때문에 두 명의 무장 경찰이 붙을 정도로 경비가 삼엄했다. 다리를 다쳐서 도망갈 염려는 없었기 때문에 경찰도 병실 안이 아닌 밖에 의자를 두고 앉아 있었다. 그 환자는 교도소에서 탈출하다가 차에 치여서 온몸이 찢어지고 부서진 채로 실려 왔다. 생명이 위독해 중환자실에서 한 달이나 입원했다가 그나마 상태가 호전되어 올라온 환자였다. 나중에 알게 된 사실이지만 그 환자는 교도소에 오기 전에 4명을 살인했다고 했다. 교통사고 후에 머리를 다쳐서 정신적으로 문제가 있는 상태였는데, 침대가 불편하다고 콜 벨을 한 시간에 한 번씩 눌러대서 간호사들은 그 병실에 들어가기를 꺼려했다.

그날도 한 시간마다 콜 벨을 눌러댔다. 담당 간호사가 점심을 먹으러 가서 빈자리를 내가 대신하고 있었다. 콜 벨이 울려서 들어가 보니 환자는 통증을 호소했고 담당 간호사는 이미 투여할 수 있는 진통제를 준 상태였다.

"처방된 진통제가 다 투여된 상태여서 더 이상 줄 수 있는 게 없어요. 담당 의사한테 연락해서 말해볼 테니 조금만 기다려주세요."

환자는 허리가 너무 아프다고 난리였다. 가만히 살펴보니 수갑을 찬 상태였기 때문에 움직이기가 불편해서 그런 걸 수도 있을 것 같아서, 경찰에게 잠시 수갑을 풀어 자세를 바꿔달라고 했다. 그것만으로 환자는 내게 고맙다며 인사를 했고, 어딘지 우울한 모습이 측은해서 병실에서 잠시 얘기를 나누었다. 환자는 자신과 가족들, 교도소에 대해서 얘길 했다. 살인으로 교도소에 들어가고 난 뒤로는 가족도 자신을 찾아오지 않았다면서 그동안 너무 외로웠다는 말을 반복했다. 살인까지 저지른 사람으로는 보이지 않을 만큼 조용했고 심성이 여려 보였다. 살인자이지만 교도소에서도 병원에서도 얘기할 사람 하나 없다는 것이 안타깝게 느껴지기도 했다. 흉악범이지만 그에게도 인간적인 면이 있었던 것이다.

며칠 뒤, 환자가 침대에 실수로 떨어뜨린 바늘을 주워서 손목을 그으려 했다는 소식을 들었다. 왜 그랬냐는 의사의 물음에 너무 우울하고, 교도소로 돌아가기 싫다는 말을 했다고 했다. 다행히 손목을 긋기 전 경찰이 낌새를 알아채고 손에서 바늘을 빼냈지만 충격적인 일이었다.

그는 진통제가 필요한 것이 아니라 대화가 필요한 게 아니었을까. 병원은 환자의 건강을 회복하는 데 중점을 두지만 이곳에서 만난 환자들 중에는 몸보다 마음이 아픈 사람들이 많았다. 그러나 병원에서 해줄 수 있는 일은 의료적인 처치에 불과하다. 내가 도움을 줄 수 없다는 사실이 안타까웠다.

지켜볼 수밖에
없는 비극

"우리 이제 만나지 말아요."

병원에 오는 것이 좋은 일이 아니기에 자주 보는 환자들에게 마지막에 하는 인사다. 사실 중환자실에서 일했을 때는 병동에 가더라도 며칠 지나지 않아 증세가 안 좋아지면서 다시 내려오는 환자가 많다. 중환자실에 있을 때는 집중 치료와 간호를 받기 때문에 환자의 상태가 많이 좋아지지만, 병동으로 올라가게 되면 일반 병동의 특성상 그렇게 되지 못하거나 환자를 모니터 할 수 있는 기계들의 부재로 환자의 상태를 세심하게 모니터하기가 어려워진다. 병동에서 자유롭게 돌아다니며 나아지는 환자가 있는 반면 안 좋아지는 경우도 많다.

준중환자실(step down unit)에 있으면서 중환자실과 가장 다른 점이라고 한다면, 환자들이 집으로 퇴원을 하는 경우가 있다는 것이다. 중환자실에서는 볼 수 없었던 일이지만 그래도 환자들이 건강 상태가 많이 좋아져서 퇴원하는 것인 만큼 그 모습을 보면 뿌듯했고, 준중환자실로 부서를 옮기길 잘했다는 생각이 들었다. 중환자실은 대부분의 환자들이 의식이 없는 상태이거나 상태가 호전되더라도 얼마 있지 않아 병동으로 옮기기 때문에 나아진 모습을 보기가 어려웠다.

30대 남자 환자가 준중환자실 병동으로 내원했다. 환자의 이름은 토니이고, 자주 입원했기 때문에 병동에 그를 모르는 사람이 없을 정도였다. 토니가 처음 병원에 온 것은 내가 이 병원에서 일하기 훨씬 전이라고 했다. 그는 원래 10대 때부터 170cm에 120kg의 거구로 20대 초반에 당뇨병이 발병했다. 고등학교 졸업 이후 병을 진단 받은 후 우울증에 빠졌고 밖에 나가지 않고 집에만 있게 되었다고 한다. 병원도 가지 않고 집에만 있으니 당뇨병 치료가 제대로 이루어질 리가 없었다. 그는 합병증으로 한쪽 다리를 절단하게 되었다. 절단 후엔 집에서 관리도 잘하고 병원도 잘 다니는 듯했지만 이내 다시 소홀해지기 시작했고, 결국 남은 다리마저 절단하게 되었다.

30대 초반에 두 다리를 절단하게 된 토니는 우울증이 극심해져 더

더욱 집 밖으로 나오는 것을 꺼려했다. 토니를 간호하는 것은 모두 토니 어머니의 몫이 되었다. 본인이 집 밖으로 나올 의지도 없고 침대에서만 생활하게 되니 엉덩이 부위에 욕창이 생겨 뼈가 밖으로 드러날 정도였다. 또한 식단 관리도 지속적으로 이루어지지 않아 공복 혈당 수치가 계속 올라가고 욕창이 더욱 심해졌다. 상처가 뼈까지 파고들 경우 통증을 전혀 느끼지 못할 수 있는데, 그 때문인지 토니는 지금 자신의 상태에 심각성을 전혀 느끼지 못하는 것 같기도 했다.

토니의 지속적인 입원의 주요 원인은 혈당 조절의 실패였고, 인슐린이 투여되지 않으면 항상 350~400mg/dl까지 치솟았다(8시간 이상 공복하고 검사한 혈당이 100mg/dl를 넘으면 비정상으로, 공복혈당장애로 판단되고 측정한 당이 126mg/dl을 넘게 되면 당뇨병으로 진단할 수 있다). 입원 후에도 토니는 의료진의 말을 무시하고 어머니에게 고칼로리의 음식을 사오라고 시켰고, 어머니가 아들의 고집을 이기지 못한 결과 토니의 상태는 더욱 악화되었다. 당뇨병은 인슐린 주사를 맞는 것도 중요하지만 무엇보다 식이요법이 중요하기 때문에, 환자의 굳은 결심 없이는 관리가 불가능하다. 아무리 의료진이 환자에게 설명을 한다 한들 퇴원 후 관리되지 않는다면 아무 의미가 없기 때문이다. 준중환자실에 있을 때는 혈당 관리도 어느 정도 잘 되었기 때문에 며칠 있다가 퇴원할 수 있었다.

그러나 이번에 응급실로 내원한 토니의 상태는 전과 다르게 심각했다. 열이 40도 이상 올라갔고 원래 항상 고혈압이었는데 혈압이 떨어지기 시작했다. 감염의 징후였다. 토니가 응급실에서 올라오자마자 엉덩이에 있는 욕창의 상태를 살펴봤는데, 환부에서 배액이 농이 섞인 상태로 새어 나오고 있었다. 욕창의 크기도 더 커지고 깊어진 느낌이었다.

　　수액과 항생제를 처방한 후 몇 시간이 지나도 상태가 좋아지지 않았고, 외과팀에서는 욕창 부위를 수술하기로 결정했다. 수술을 하고 나면 바로 중환자실로 옮겨질 예정이었다. 수술 전 준비를 하기 위해 병실에 들어갔는데 토니의 몸이 많이 안 좋기도 하고 병원에 들어와 아무것도 먹지 못해서인지 힘이 없어 보였다. 평소에 침상 정리할 때 큰 소리로 즐겁게 얘기하던 수다쟁이 토니가 아니었다. 왜 좀 더 나아질 수 없었을까. 아무리 토니에게 식이요법과 인슐린 투여의 중요성을 말해도 그의 대답은 늘 건성이었다. 곧 죽더라도 먹고 싶은 건 다 먹고 죽을 거라고 말하곤 했는데, 두 다리를 절단한 후부터 토니는 자신의 삶이 절대 정상으로는 돌아갈 수 없다는 생각에 모든 것을 놓아버린 것 같았다. 다리를 잃은 토니의 절망감을 감히 짐작할 수 없겠지만, 의료인으로서 환자를 포기할 수는 없었기 때문에 진정으로 그가 삶의 희망을 되찾고 안정되기를 바랐다.

토니가 수술 이후 중환자실에 입원했다는 소식을 들었다. 며칠 지나면 준중환자실로 올 것이라고 예상하며 마음속으로 기다리고 있었다. 하지만 그 이후 아무리 기다려도 토니는 오지 않았다. 다른 병동으로 간 건가 막연히 생각했지만 한참 후 수간호사에게 그의 비보를 전해 들었다. 수술 후에 중환자실로 이동한 지 얼마 되지 않아 패혈증(sepsis)으로 사망했다는 것이다. 패혈증은 미생물에 감염되어 전신에 심각한 염증 반응이 나타나는 상태를 말한다. 심하면 사망에 이를 수 있는 질환이다. 토니의 욕창을 볼 때마다 패혈증이 생길까 우려했었다. 당뇨병이 있는 사람들 중 패혈증에 걸려 사망하는 경우도 많기 때문이다. 당뇨병은 만성질환이지만 관리만 잘한다면 충분히 정상적으로 생활할 수 있다. 그러나 자기절제가 되지 않는 어린 나이에 찾아온 당뇨병은 처음엔 두 다리를, 결국엔 목숨을 앗아갔다. 지금 생각해도 마음이 아프다.

미국은 비만이 사회적인 문제다. 한국 또한 서양식 식문화가 일상에 자리 잡으면서 비만 인구가 급속도로 늘고 있다. 성인병이 청소년기부터 찾아오고, 자기절제가 되지 않는 젊은 세대에게 이 병은 치명적이다. 토니를 보면서 내 직업에 대한 한계를 느끼게 된다. 질병의 치료를 돕고 증상을 완화할 수는 있어도, 그의 정신적인 재활까지 돕고 관리하는 데는 한계가 있기 때문이다. 의료인의 한 사람으로서 관리하던 환자의 사망 소식을 들을 때마다 복잡한 마음이 든다. 간호사라는 직업을 가졌기에 피할 수 없는 운명이겠지만, 털어낼 수 없는 마음의 짐으로 남는 것을 어찌할 수가 없다.

이런 극단적인 상황이 아니더라도 안타까운 기억으로 남아 있는 환자들이 몇몇 있다. 그 예로 70대 중반의 할머니 환자가 떠오르는데, 이혼한 아들과 둘이 살고 있다는 할머니는 화장실에서 넘어져 오른쪽 다리가 부러졌다며 병동을 찾았다. 여성 노인들의 경우 폐경기 이후 골다공증으로 인해 특별히 심한 운동을 하지 않아도 골절상으로 병원을 찾는 경우가 많다. 꼭 넘어지는 게 아니라도 침대에서 일어나다가 다치는 등 일상의 크고 작은 활동으로 다치는 환자들을 많이 보았다. 팔다리에 크고 작은 멍부터 골절까지 비교적 쉽게 생길 수 있는 상처들이다. 그래서 처음에 할머니 몸에 있던 멍도 대수롭지 않게 생각했다.

처음엔 그냥 다른 환자들과 별다를 것 없는 라틴계 할머니라고 생각했다. 하지만 곰곰이 생각할수록 이상하다는 생각이 들었다. 넘어져서 다리가 부러졌다면 부딪힌 다리 쪽에 멍이 들거나, 반사적으로 몸을 보호하느라 팔 부분에 멍이 드는 게 통상적이다. 하지만 시퍼렇게 번진 보랏빛 멍은 할머니의 왼쪽 눈과 상반신 허리에 자리하고 있었다. 아무래도 일상에서 다쳤다기보다는 누군가에게 폭행을 당한 게 아닌가 하는 생각이 들었다. 그리고 할머니와 아들 사이의 미묘한 관계도 마음에 걸렸다. 골절 수술을 하려는데 할머니가 아들이 올 때까지 수술을 할 수 없다고 버티는 것이다. 할 수 없이 아들에게 전화를 했는데, 그는 할머니가 수술을 앞두고 있다는 것엔 아랑곳하지 않고 며칠 후에나 병원에 올 수 있다고 했다. 그 때문에 수술이 하루 미뤄져야 했지만 다음 날도 아들은 오지 않았고, 연락도 되지 않았다. 치료를 놓치지 않기 위해 어렵게 할머니를 설득해서 겨우 수술을 마칠 수 있었다.

수술 후 3일 정도 지났을 무렵에야 아들은 병동을 찾았다. 트럭운전사인 직업 특성상 그간 다른 주에 있어서 올 수 없었다는 아들을 보는 할머니의 얼굴은 한껏 밝아져 있었다. 대조적으로 아들의 얼굴은 어두웠고 그는 할머니의 곁에 잠깐 머무르고는 사라져버렸다. 나는 아무래도 이상하다는 생각이 들어 중환자실을 담당하는 사회복지사 세라를 호출했다. 세라에게 그동안 이상하게 느꼈던 부분을 설명하고, 전화 통역사와 함께 대화를 나누기 시작했다 (언어적인 한계로 환자와 의사소통이 불가능할 경우, 전화로 소통할 수 있게 돕는 통역서비스를 이용할 수 있다). 2~3일 동안 사회복지사와 간호사들이 끊임없이 할머니를 설득한 끝에 겨우 안타까운 진실을 마주할 수 있었다. 할머니는 통역사와 전화로 통화하면서, 아들에게 폭행을 당한 적이 있냐는 질문에 긍정의 고갯짓을 했다. 할머니의 두 눈에는 눈물이 고여 있었다.

할머니에겐 두 딸과 아들이 한 명 있는데, 딸들은 결혼해서 현재 뉴욕이 아닌 다른 주에 살고 있었다. 두 딸 모두 경제적으로 여의치가 않아서 할머니와 자주 만나지는 못했고, 할머니의 남편이 6년 전에 심장마비로 세상을 떠난 후로는 계속 혼자 지내셨다고 한다. 몇 년 전부터 허리가 안 좋아져서 집에만 있게 된 할머니는 마침 이혼을 한 막내아들과 함께 살기로 했으나, 막내아들은 술만 마시면 폭력을 휘둘렀다. 자신을 낳아주고 거둬주신 어머니에게 폭력을 휘두르는 아들과 아들의 폭력에 속수무책으로 당하고도 말하지 못했던 할머니를 이해하기 어려웠으나, 한 가지 알 수 있었던 건 끝까지 아들을 감싸려고 했던 어머니의 마음이었다. 미국이나 한국이나 모성애의 위대함은 크게 다르지 않았다.

이후 사회복지사 세라가 다른 주에 살고 있다는 딸들에게 연락을 취해, 할머니가 딸들에게 보호받고 휴식을 취할 수 있도록 조치를 취해주었다.

삼중 추돌 사고 1_
목숨보다 중요했던 신념

자코비 메디컬 센터는 원래 외상 센터(traumatic center)로 유명한 곳이다. 뉴욕 브롱스 주변에서 일어나는 교통사고, 총상 및 자상(칼이나 창과 같은 예리한 물체에 찔려서 생긴 창상) 등 많은 환자들이 응급실을 찾는다. 응급실에 환자가 도착하면 위독한 환자들은 응급실에서 사망하는 경우도 있고, 거의 사망한 상태에서 입원하여 응급실에서 심폐소생술 후 사망선고를 받는 경우도 있다. 생존한 환자들 중 급하게 수술이 필요한 경우 바로 수술실로 가게 되고, 수술 후 중환자실에 입원하게 된다.

"브롱스 주변 고속도로에서 삼중 추돌 사고가 났대. 지금 자코비로 오고 있대!"

중환자실의 베드 13개 중 한 자리만 비어 있었기 때문에, 소식을 듣자마자 서둘러 중환자실 환자들 중에서 오늘이나 내일 일반 병동으로 이동 가능한 환자들을 보내기 시작했다.

승용차를 뒤따라오던 트럭이 먼저 박았고 또 다른 자동차가 트럭을 박으면서 삼중 추돌 사고가 된 것이다. 가해자인 트럭운전사는 큰 부상을 입고 응급실에서 바로 중환자실로 옮겨졌다. 승용차 안에는 부부와 12살인 딸이 타고 있었는데, 앞에 탄 부부는 그 자리에서 사망했고 딸만 살아남았다. 세 번째 차량의 운전자는 큰 부상을 입지는 않지만 일단 중환자실에 난 빈자리로 입원했다.

50대 중반의 남성 트럭운전사를 응급실로부터 인계받기로 했지만, 곧 환자 머리에서 출혈이 발견되었고 척추 골절로 인해 응급실에서 바로 수술실로 옮기게 되었다는 소식을 들었다. 점심시간이 넘어서도 응급실에서는 인계를 하겠다는 연락이 없었다. 이상해서 먼저 응급실에 연락을 해 보았더니 환자가 방금 사망했다는 얘기를 들었다. 수술도 해보지 못하고 응급실에서 사망했다는 것이다. 병원에서 수술을 할 수 없는 상황인 것도 아니었다. 그저 환자의 부인이 종교적인 이유로 수혈을 거부하면서, 응급실에서 시간을 지체하다가 두 번의 심정지가 왔고 심폐소생술을 했지만 결국 사망하게 되었다는 것이다. 비록 교통사고의 가해자이긴 했지만, 종교적인 이유로 수혈을 거부하여 한 생명이 사라졌다는 소식은 나로서 이해하기 힘든 일이었다.

사실 뉴욕 병원에서 일하다 보면 종교적인 이유로 수혈을 하지 않으려고 하는 환자들을 적지 않게 만난다. 악성 빈혈을 가지고 있으면서도 수혈은 절대 하지 않으려는 60대 여성 노인 환자가 있었는데, 의사의 끈질긴 설명과 설득에도 요지부동이었다. 결국 그녀는 그 상태로 퇴원을 했다. 빈혈로 얼굴은 창백했고 조금만 힘든 운동을 하거나 스트레스를 받게 되면 헉헉대기 일쑤였다. 오랜 시간 악성 빈혈을 가지고 살았기 때문에 몸이 어느 정도 적응해서 살아가는 것이지, 언제든 위급해져도 이상할 게 없는 상황이었다. 본인이 완강히 수혈을 거부한다면 어쩔 수 없는 것이다.

그러나 지금 상황은 앞의 예와는 조금 다르다. 응급수술을 해야 하는 상황에서 보호자가 수혈을 거부해서 환자가 사망했다는 것은 정말 충격이었다. 남편이 살아 있을 때 대리인(health care proxy)을 부인으로 해두었기 때문에 모든 결정은 부인이 할 수 있게 되어 있었다. 여기서 'health care proxy'란 환자의 치료 계획과 의료에 관한 법적 결정을 하는 사람을 말한다. 부부가 같은 종교를 믿기는 하지만 남편이 자신의 결정이 아니라 부인의 결정으로 살아날 기회를 놓쳤다는 것에 마음이 복잡해졌다.

우리나라도 죽음에 대한 자기결정권과 관련해서 많은 논란이 있다. 2017년 8월 4일 연명의료결정법이 시행되었으나, 이에 대한 구체적인 제도나 선행된 사회적 행동 지침이 정립되지 않아 원활하게 이루어지고 있지 않은 실정이다. 현재 한국의 사전연명의료 의향서(advanced directives form)에는 심폐소생술, 인공호흡기, 혈액 투석, 항암제 투여 및 호스피스 이용에 대한 언급은 있지만 수혈에 대한 언급은 없다. 환자의 자율성을 반영하기 위해 권장되고 있는 것이 사전 의료 계획(advance directives)이고, 의사결정능력이 있는 성인이 연명치료에 대한 자신의 결정 내용을 사전연명의료 의향서에 작성하게 되는 것이다. 그러므로 가까운 미래에는 종교적인 개인의 자율성을 반영하여 자신이 의사결정을 할 수 없을 때, 수술 혹은 수혈도 포함되면 좋겠다는 생각이 들었다.

자코비 병원의 내시경실에서 일할 때, 사전연명의료 의향서를 작성했는지 시술 전에 물어보곤 했다. 대부분의 젊은 사람들은 작성을 하지 않은 상태이기 때문에, 만약 작성하고 싶은 마음이 있으면 병원 내에 있는 담당 부서로 연결을 해 준다. 한국은 아직까지 사전연명의료 의향서를 작성하는 곳이 많지 않고 많은 사람들이 아직 존재 자체

도 모르는 경우가 많기 때문에, 자기 의사결정 지지를 위해 널리 알려
질 필요가 있다고 생각한다. 미래는 어떻게 될지 모르는 것이니 자신
의 죽음에 대해 스스로 깊게 생각해 보고, 사전연명 계획을 일찍 세우
는 것이 현명한 일이라고 생각한다.

삼중 추돌 사고 2_
마음이 회복되는 속도

　오후 다섯 시쯤이 되어서야 교통사고의 큰 피해자인 12살 환자의 수술이 거의 끝났다고 했다. 매우 위중한 상태일 것이라 예상했기 때문에 담당 간호사뿐만 아니라 외과계 중환자실 전체가 긴장한 상태였다. 신경외과의 머리 수술부터 시작해서 정형외과, 흉부외과까지 수술을 끝냈고, 큰 수술이었던 만큼 많은 양의 수혈용 피가 필요했다고 한다.

　얼마 지나지 않아 여러 명의 의사들과 간호사들에 의해 환자가 수술실에서 외과계 중환자실로 옮겨졌다. 얼굴은 알아볼 수 없을 정도로 부어 있었고, 머리에는 붕대를 감고 사지에 깁스(gips, 석고 붕대)를 하고 있었다. 뇌가 너무 부어서 뇌척수액을 빼내는 EVD(external ventricular drainage, 뇌실 외 배액술)를 머리에 달고 있었다. 정상적인 뇌척수액이라면 맑은 투명색을 띠어야 하는데, 출혈로 인해 피가 섞여 들어가서 선홍빛을 띠고 있었다. 허리, 엉덩이, 오른쪽 다리, 팔까지 부분부분이 골절된 상태였기 때문에 깁스를 하고 있었다. 외상으로 흉관에 혈액이 축적되어 흉관삽입술까지 한 상태였다. 환자가 머리에 심한 손상을 입을 경우, 뇌부종 완화를 위해 수 시간, 수일 동안 수면을 취하도록 항정신성 약물 및 진통제를 투여해 수면을 유도한다.

오자마자 혈압이 떨어져 바로 다시 수혈을 시작했고, 마취수면유도치료를 시작했다. 교통사고를 당한 환자들을 많이 봐왔지만 이렇게 어린 소녀가 입원한 것은 처음이었고, 부모는 이미 사망한 상태였기에 참담한 심정이었다. 환자는 언젠가 깨어나겠지만, 그때 어떤 반응을 보이게 될지 걱정이 되었다.

위급한 상황이 지나고 2주 정도 지나자, 환자의 상태는 차츰 호전되기 시작해서 마취수면유도치료를 중단하기로 했다. 깨우고 나서 뇌부종이 심해져서 다시 치료 상태로 돌아가는 경우도 있지만, 어려서 그런지 이 환자의 호전 속도라면 상태가 나빠지지는 않을 것 같았다. 실제로 수면유도치료를 중단하고 며칠 뒤부터는 혼자 숨 쉬는 것도 가능해져 인공호흡기를 떼게 되었다. 환자가 빨리 회복하는 건 다행이라는 생각이었지만, 정신이 완전히 돌아왔을 때 환자가 겪게 될 충격에 대해서 간호사들 사이에서도 걱정이 이만저만이 아니었다. 부모가 한날한시에 세상을 떠났다는 사실을 어떻게 받아들일 수 있을까.

화요일 어느 이른 아침, 나는 이 어린 환자의 중환자실에 도착했다. 그동안 담당 간호사가 항상 바뀌었던 데다가 나는 4일간의 장기 휴식을 가졌기에 깨어난 환자를 마주하는 건 처음이었다. 환자를 만나러 병실에 들어갔다. 병실은 온통 분홍색으로 물들어 있었는데, 그녀의 친척들과 학교 친구들이 다녀간 흔적이었다. 그리고 침대 옆 탁자에는 가족사진도 놓여 있었는데, 이제는 존재하지 않을 사진 속 환하게 웃는 가족들의 모습을 보며 그녀가 가족들의 소식에 대해 과연 알고 있을까 싶었다. 인사를 하려고 했으나 환자가 곤히 자고 있어 깨우지 않은 채 상태를 살펴보고, 주입되는 약물과 수액만 확인했다.

그리고 병실을 나와 동료 간호사에게 물어보았다.

"며칠 전에 깨어나고도 부모님에 대해 궁금해하지 않더래. 담당 의사가 이상하다 싶어서 부모님 소식을 먼저 전하긴 했는데, 아무 반응이 없었다던데?"

아직 환자의 뇌 상태가 완전히 정상적으로 돌아왔다고는 볼 수 없기에 이런 반응이 신경 손상으로 나타난 것일지도 모르겠다는 것이었다. 확실히 부모의 죽음을 전해 들은 12살 소녀의 정상적인 반응은 아니었다. 보통 울음을 터뜨리고, 우울해하며 슬픔을 표현할 것이다. 그러나 그녀는 아무 일 없었다는 듯 되려 별로 관심이 없다는 태도로 일관했는데, 이 비정상적인 반응 때문에 정신과에 추가 상담이 잡혀 있는 상태라고 했다.

다만 특이한 점이라면 그녀가 깨어나고 난 후 계속해서 콜 벨을 누르는 것이다. 그녀는 몸에 달고 있던 의료기기들을 대부분 떼어낸 상태였지만 아직 머리에 배액관이 달려 있었고 엉덩이, 팔, 다리에 깁스를 하고 스스로 움직이는 것이 불가능하긴 했다. 그렇다 해도 시도 때도 없이 병원 스텝을 불러내고 막상 가 보면 별다른 이유가 없어 간호사들을 힘들게 했다.

오전 10시쯤 환자 방문 시간이 끝났다. 오늘도 그녀의 친척으로 보이는 방문객들이 왔다 갔다. 그녀는 즐거운 목소리로 그들과 대화를 나누는 듯 보였다. 하지만 이날도 아침부터 콜 벨을 계속 울려대는 통에 모든 간호사들이 그 소리에 예민해진 상태였다. 콜 벨이 한 번 더 울렸을 때 병실에 들어가 그녀 옆에 의자를 가져가 앉았다. 처음에 그녀는 조금 미안했는지 어디가 불편하냐는 말에 내 눈을 제대로 쳐다보지 못했다. 몇 주 전만 해도 엄청나게 부어 있었던 얼굴은 말끔히 가라앉아 있었다. 새하얀 얼굴에 파란 눈동자를 가진 소녀가 나를 보고 있었다. 수술 때문에 잘라냈던 머리카락도 점점 자라나면서, 탁자에 있던 가족사진 속 여자아이의 얼굴을 거의 되찾아가고 있었다. 사진에 있는 소녀의 모습은 마론 인형 같았다.

동료간호사에게 양해를 구하고 소녀와 잠깐 함께 있어주었다. 소녀는 갑자기 눈물을 훔치기 시작했고 10분 정도 아무 말 없이 울었다. 나는 천천히 그녀의 멀쩡한 왼쪽 손을 지그시 잡아주었다. 감정은 말로만 전달되는 것이 아니라 마음으로 전달되는 것임을 알기에, 20분 정도 그녀와 이런저런 이야기를 더 나누다 병실을 나왔다. 마음이 무거웠지만 그녀가 눈물을 보인 것은 분명히 좋은 신호였다. 며칠 후 정신과 치료를 받기 시작했고 몸을 치료하는 데는 한 달도 채 걸리지 않을지 모르겠지만, 마음의 치료는 더 오랜 시간을 필요로 할 것이다.

자코비 메디컬 센터 3A 준중환자실(Step Down Unit)의 모습

CHAPTER 5

뉴욕에선 모든 것이 신세계

외국에서도
포기할 수 없는 한식

미국에 처음 왔을 땐 현지에 아는 사람이 한 명도 없었다. 막연하게 미국에 한국 사람들이 많이 사니까 당연히 한인 마트가 있을 거라고 추측만 했을 뿐이었다. 그래도 은근히 걱정이 되어 캐리어 한가득 라면, 통조림 반찬, 즉석 밥, 심지어 엄마가 담가준 김치까지 꽉꽉 채워서 미국행 비행기에 올랐다.

"학생, 이 많은 걸 어떻게 들고 왔어!"

그 무거운 가방과 함께 뉴욕에 도착했고, 낑낑거리면서 짐을 싣고 내리고 하다 보니 드디어 내가 살게 될 집에 도착했다. 주인아주머니는 한국에서 이렇게 짐을 많이 들고 온 사람은 처음 봤다며 신기해하셨다. 브롱스에는 큰 한인마트는 없지만 플러싱(Flushing; 뉴욕에 있는 한인 밀집 지역 또는 상업 구역) 쪽에 있어서 가끔 플러싱까지 가서 한국 음식 재료들을 사오면 된다고 한다. 한국 쌀은 근처에 작은 한국 마트에서 판다.

뉴욕에 한인식당이 많기는 하지만, 외식으로 식비를 지출하게 되면 세금과 팁까지 한 끼당 20달러 이상 청구되어 자연스럽게 집에서 식사를 만들어 먹게 된다. 세계적인 도시인 만큼 뉴욕에는 이국적인 식당들이 많고 맛집도 정말 많다. 하지만 나는 뉴욕에 놀러 온 것이 아니라 살러 왔기 때문에, 혼자 살면서 무엇을 어떻게 건강하게 먹을 수 있는지가 제일 중요했다. 나는 사실 토종 한국 사람의 입맛을 가지고 있기 때문에 적어도 하루에 한 끼는 꼭 한식을 먹어야 한다고 생각하는 사람 중의 하나이다. 소고기 스테이크보다는 삼겹살이 좋고, 연어보다는 고등어나 갈치가 취향에 맞고, 향이 센 음식을 별로 좋아하지 않는 편이다.

물론 뉴욕에 오는 모든 한국 사람들이 나와 같지는 않을 것이다. 친구들 중엔 뉴욕의 소규모 그로서리 스토어(grocery store)에서 파는 여러 종류의 샌드위치에 빠져서 매일 먹어도 질리지 않는다는 사람도 있었다. 나도 병원에 다닐 때는 그로서리 스토어나 카페에서 샌드위치나 샐러드를 사서 종종 먹긴 했지만, 그때도 하루에 한 끼는 꼭 한식을 먹어야 했다.

그래서 미국에 가서 가장 처음 산 가전제품도 전기밥솥이다. 브롱스에서 플러싱까지 가려면 지하철을 타고 환승을 한 번 해야 하는데, 적어도 두 시간은 걸린다. 가까이 사는 친구와 함께 한국인들이 많이 사는 플러싱에 가서 밥솥을 낑낑거리면서 사왔던 것이 아직도 기억에 남는다. 우리나라에서 유명한 쿠쿠가 미국에서도 가장 선호도가 높고, 한국 사람뿐만 아니라 미국 사람들에게도 인기가 있다고 한다. 사실 밥솥만 사면 그렇게 무겁지 않았을 텐데, 플러싱에 처음 가다 보니 여러 한식 재료들이 내 정신을 쏙 빼놓았다. 플러싱 한인 마트는 한국에 있는 상품들 중에 없는 것이 없을 정도로 거의 모든 상품들이 다 있었다. 마침 한국에서 가져간 김치가 떨어져갈 무렵이었기 때문에 파김치, 배추김치 그리고 다양한 밑반찬들 중 몇 가지를 골라 넣었다. 반찬 말고도 다른 것들을 여러 가지 추가해서 사는 바람에 뒤에는 백팩을 메고 양손 가득 짐을 들고 오느라 고생했던 기억이 난다.

처음 뉴욕에 갔을 때는 몇 가지 간단한 요리를 해서 친구들을 불러 같이 먹곤 했었는데, 바빠지기 시작하면서 그조차도 점점 힘들어졌다. 내가 제일 많이 만들어 먹은 음식은 비빔밥이었다. 비빔밥은 바쁜 내가 간단하게 여러 가지 영양소를 한꺼번에 골고루 섭취할 수 있게 도와주는 최고의 음식이었다. 그래서 내 방에는 항상 달걀, 고추장, 참기름이 있었고, 그로서리 스토어에서 일반적으로 샐러드를 해먹는 생야채를 사서 밥과 비벼 먹는 경우가 많았다. 물론 다른 것도 먹긴 했다. 고기를 좋아해서 일주일에 두세 번은 고기를 구워 먹었던 것 같다. 미국 마트에는 삼겹살과 비슷한 고기를 팔기도 하고, 소고기 스테이크와 한국보다 1.5배 정도 큰 닭발도 팔고 있었다. 주인아주머니가 해주신 닭발볶음은 아직도 잊을 수 없다. 외국, 특히 미국은 의료비가 비싸서 병원에 가기가 쉽지 않으니 일상에서의 건강이 무엇보다 중요하다. 그러므로 되도록 끼니를 거르지 말고, 건강한 음식을 찾아 먹는 습관을 가지는 것이 무엇보다 외국 생활에서 중요하다고 생각한다.

뉴저지에는 한국 음식을 잘하는 곳이 정말 많은데, 특히 순대국과 순두부를 제일 많이 먹었던 것 같다. 한인식당이 모여 있는 곳에 가게 되면 항상 들리는 음식점이 있다. 며칠 전에 고속터미널을 지나면서 북창동 순두부집을 보았다. 식당 이름만 똑같은 줄 알았는데 메뉴를 보니 내가 미국에서 즐겨 찾던 그 북창동 순두부 가게와 똑같은 메뉴를 팔고 있었다. 채널을 돌리다가 LA 북창동 순두부집이 나오는 것을 보았는데, 맨해튼 32번가에도 있고 내가 미국에서 마지막으로 머물렀던 뉴저지 포트리에도 있다. 이 순두부집의 가장 좋은 점은 밑반찬

이 다양하게 많이 나온다는 것인데, 개인당 작은 조기가 한 마리씩 포함되어 나오는 것도 큰 장점이다. 혼자 살면서 여러 가지를 챙겨 먹기 어렵고, 생선을 먹을 기회가 없는 나 같은 사람에게 딱 좋은 한국 식당이었다. 돌솥밥에 고소한 누룽지까지 먹으면 꼭 내가 한국에 있는 것 같은 느낌을 받았다.

미국에서 먹는 한국 음식은 맛있기는 하지만, 역시 한국에서 먹는 것만 못하다. 예외로 순대국만큼은 한국에서 먹던 것보다 훨씬 맛있었는데 재료를 아끼지 않고 큰 솥에 푹 익혀서일까, 진하고 구수한 국물과 쫄깃쫄깃한 고기 맛이 일품이었다. 당면으로 가득 찬 순대를 깨무는 순간, 그 탱글탱글하고 보들보들한 식감과 맛이 입안으로 퍼진다. 내가 살던 뉴저지 포트리에서는 간판도 없는 한국 음식점에서 순대국을 팔았다. 식당에서 먹는 손님들도 많지만 테이크아웃하는 경우가 대부분이다. 여자들의 경우 특별히 양이 많은 사람이 아니라면 포장해 와서 한 끼 먹을 양만 빼놓고 냉동실에 보관해 놓으면 좋다. 나중에 한 끼를 챙겨 먹을 수 있을 만큼 양이 넉넉하다.

사실 브롱스 쪽에 살 때는 한국 음식을 해 먹는 것은 쉬운 일이 아니었다. 운 좋게 주인아주머니의 도움으로 한국 음식을 어렵지 않게 먹을 수 있었다. 미국에서 5~6년 있으면서 큰 병 없이 잘 지낼 수 있었던 건 끼니를 거르지 않고 나에게 맞는 한국 음식을 잘 챙겨 먹어서가 아닌가 하는 생각이 든다. 낯선 외국 생활을 하다 보면 평소 쉽게 먹을 수 있었던 음식들을 먹지 못하게 되면서 건강에 문제가 생기기도 한다. 그렇기 때문에 음식을 잘 챙겨먹는 것은 외국 생활을 하는 데 가장 기본이면서 중요한 일 중 하나다.

뉴요커의
운동 삼매경

    센트럴파크에서 달리기를 하거나 자전거를 타는 장면들은 영화나 사진에서 한 번은 봤을 법한 뉴욕의 일상이다. 뉴욕에 가면 나도 그러한 일상을 누릴 수 있을 것이라 꿈을 꾼다. 드디어 센트럴파크에 가서 친구와 함께 달리기도 하고, 주변의 레스토랑에서 파는 브런치 박스를 사서 돗자리를 깔고 앉았다. 센트럴파크는 전부터 수도 없이 많이 오긴 했지만 이렇게 풀밭에 앉아서 친구와 점심식사를 하는 건 처음이었다. 미국 드라마처럼 파크의 총 면적의 1/8을 차지하는 잭클린 케네디 오아시스 호수가 보이는 스폿에 앉아, 친구와 함께 브런치를 먹으며 수다를 떠는 즐거운 시간을 가졌다. 하지만 공원에서 우아하게 브런치를 먹는 것은 생각한 것만큼 우아하고 로맨틱한 일이 아니었다. 그때가 4월이었는데, 뉴욕은 4월에도 추위가 가시지 않아 해가 지면 바람이 많이 불고 체감온도가 떨어진다. 돗자리가 날아갈 듯 세차게 부는 바람에 브런치만 빨리 먹고 일어나 가까운 카페로 들어가 몸을 녹였다.

사실 뉴욕에 살긴 했지만, 맨해튼 센트럴파크 주변에 살지 않았기 때문에 미드에서 본 것처럼 출근하기 전 새벽에 센트럴파크를 조깅하는 아름다운 그림을 연출하기엔 무리가 있었다. 내가 외국에서 지내면서 가장 중요하게 생각했던 것은 건강이었기 때문에, 미국에 정착한 후 제일 먼저 했던 일이 헬스클럽에 등록한 것이었다. 워낙 체력이 안 좋아서 한국에서도 고생을 많이 했었다. 특히 환자들을 들고 옮기는 일이 일상인 간호사들에게 체력이란 계속 키워나가며 해결해야 할 문제였다.

미국에서는 헬스클럽을 'GYM'이라고 부르는데 한국과 마찬가지로 개월 단위로 등록이 가능하고 한꺼번에 오랜 기간을 등록할수록 가격이 저렴해진다. 등록비는 헬스클럽마다 차이가 있지만 한국과 비슷한 수준이다. 처음 등록을 하고 나서 회원이 원하는 경우 몸무게와 체지방량을 재주고 헬스클럽 기구를 이용하는 방법을 가르쳐준다. 한국에 있을 때 퍼스널 트레이닝을 한 번 받은 적이 있는데, 그때를 떠올리면서 웨이트 트레이닝을 하기도 하고 걷는 걸 좋아하기 때문에 헬스클럽에 가면 항상 한 시간 정도는 기본으로 빨리 걷기를 한다. 내가 가 보았던 헬스클럽 두 곳은 트레이너가 따로 없었다. 퍼스널 트레이닝을 받으려면 소셜 미디어를 통해 알아보거나 개인적으로 전화를 해서 트레이너에게 신청을 해야 한다. 퍼스널 트레이닝 가격은 한 타임에 40~50달러 정도로 한국과 비슷하다고 들었다. 가끔 보면 근육질의 남자가 다른 사람을 운동시키는 경우가 많은데, 대부분이 퍼스널 트레이닝을 받고 있는 사람들인 것 같았다. 한국처럼 요가, 줌바댄스(zumba dance), 필라테스 등을 포함하는 GX 프로그램도 운영하고 있지만 나는 시간이 맞지 않아 참여하지 못했다.

헬스클럽에 등록한 지 6개월이 지났을 무렵, 요가를 시작했다. 한 달에 8번쯤 수업을 받았고 가격은 약 100달러 정도였다. 뉴욕에서 지하철을 타고 다니다 보면, 딱 붙는 요가복을 입고 뒤에 멘 백팩에 요가매트를 끈으로 묶고 다니는 사람들을 흔히 볼 수 있다. 많은 뉴요커들이 요가를 즐기고 있기에 나도 요가를 하면서 병원에서 힘들었던 일들을 지워버리고 명상을 통해 마음을 비우기 위해 시작했다. 스트레스를 줄일 수 있는 데다, 스트레칭을 하면서 몸매도 가꿀 수 있는 좋은 운동이기에 바쁜 일상을 살고 있는 뉴요커에게는 장소의 제약 없는 최고의 운동이다. 미국에서 요가의 참맛을 느끼고 난 뒤 나는 지금도 계속해서 요가를 하고 있다.

뉴요커들은 요가 외에도 다양한 운동을 즐기고 있다. 7시쯤 병원을 퇴근하려던 길에 1층 뒤쪽 로비에서 병원과는 전혀 어울리지 않을 법한 시끄러운 음악 소리가 들려왔다. 동료인 스테이시가 앞장서서 걸으며 음악 소리가 점점 커지는 쪽으로 나를 데리고 갔다.

"이게 도대체 무슨 소리야?"
"줌바 댄스 클래스가 시작됐나봐. 너도 나랑 같이 가 볼래?"

그곳엔 정말 놀라운 광경이 펼쳐지고 있었다. 머리를 삭발한 근육질의 남자 강사가 앞에 서 있었고, 거의 30~40명에 가까운 사람들이 운동복을 입고 줄을 서서 강사가 하는 동작을 따라했다. 이때까지만 해도 줌바 댄스가 한국에서는 유명하지 않았기 때문에, 전혀 알지 못했고 미국의 에어로빅인가 보다 하고 생각했다. 댄스의 스피드가 엄청 빨랐는데도 불구하고 앞에서 강사가 추는 것을 하나도 틀리지 않고 따라하는 외국인들을 보고 처음엔 눈을 뗄 수가 없었다. 스테이시 옆에 서서 몇 번 따라 해보려고 시도를 했는데, 워낙에 몸치여서 그 동작을 다 따라할 수가 없었다. 알고 보니 이 줌바 클래스는 병원에서 무료로 일주일에 두 번 정도 열리기 때문에 인기가 많고 병원 근처에 사는 사람들까지 많이 참여한다고 한다. 앞에서 소개한 운동 말고도 뉴요커들이 많이 하는 운동들 중 발레핏, 필라테스, 크로스 핏, 그룹 PT(group personal training) 등이 있다. 무료체험이 가능하기 때문에 특정 운동을 처음 접한다면, 신청해서 한번 해 보는 것도 자신에게 그 운동이 맞는지 알아보는 좋은 방법이다.

다음으로 내가 추천해 주고 싶은 운동은 테니스와 골프이다. 뉴욕 플러싱 The USTA Billie Jean King National Tennis Center에서 매년 세계적인 테니스 메이저 대회(US Open)가 열리는데, 인기가 너무 많아서 티켓을 구하기 힘들 정도라고 한다. 뉴욕에 있을 때 테니스를 치는 친구가 한 명 있어서 한인 테니스 모임에 아무 생각 없이 따라가서 경기를 보았는데, 친구가 코트에서 경기하는 모습을 보고 테니스에 반한 적이 있었다. 기회가 되면 다음에 꼭 배워야겠다는 생각이 들었다.

두 번째 운동은 현재 내가 가장 좋아하는 운동이 된 골프이다. 골프는 우리나라에서 아직까지는 비싼 운동으로 취급되는 게 사실이다. 한국에서는 한번 라운딩을 돌게 되면 최소 15만 원에서 30만 원까지 들기 때문에 아무나 즐기기 어려운 스포츠로 인식된다. 한국의 경우 그린피(골프장에서 코스를 사용하는 비용), 카트피(코스를 돌 때 카트 사용비) 그리고 캐디피(경기에서 도움을 준 캐디에게 지불하는 비용으로 일반적으로 한 팀당 현금 12만 원을 지불)까지 포함하기 때문에 가격이 더 올라간다. 한국과 비교했을 때 미국은 그린피가 저렴할 뿐만 아니라, 캐디 없이 스스로 카트를 타고 다니면서 라운딩을 할 수 있기 때문에 캐디피의 지출을 줄여 훨씬 저렴한 비용으로 라운딩을 할 수 있다.

하지만 미국의 경우 한국보다 인건비가 비싸기 때문에 상대적으로 레슨 비용이 비싸다. 미국에 갈 계획이 있다면 테니스나 골프를 한국에서 배우고 가는 것을 추천한다. 한국의 골프 레슨 비용이 옛날보다 훨씬 저렴해졌기 때문에 한국에서 6개월 정도 배우고 나면 어딜 가서든 골프를 치는 것이 가능하다. 6개월 정도 레슨을 받고 한국에서 몇 번 라운딩을 나가서 룰을 익히게 되면 미국에 가서도 혼자서 플레이를 할 수 있을 것이다. 내 경우에도 골프를 배운 지 1년 반 정도 되었는데, 라운딩을 자주 나가진 못해도 스크린 또는 인도어 연습장에서 연습을 하는 식으로 실력을 늘려가고 있다. 미국의 경우 아직 스크린 골프장이 없고, 인도어 골프장이 매우 저렴하게 잘 되어 있으므로 미국에서는 인도어에서 연습을 충분히 한 후에 라운딩을 하는 것이 좋다. 사실 미국에서의 라운딩은 캐디가 없어서 자신이 알아서 공을 찾으며 쳐야 하기 때문에 처음에는 힘들 수 있지만, 혼자서 플레이를 하는 즐거움을 느낄 수도 있고, 또한 한국과 다른 드넓은 평지에서 골프를 치다 보면 일에서 쌓인 스트레스를 날려버릴 수 있을 것이다.

운동이라는 것은 스트레스를 낮춰주고, 건강을 위한 일종의 도구라고 할 수 있는데, 도를 지나치거나 욕심을 너무 내게 되면 운동을 하지 않는 것만도 못한 더 큰 스트레스를 받게 된다. 특히 골프를 해

보니 비싼 돈을 내고 라운딩해서 내 맘대로 플레이가 안되면 나에 대해 계속 실망하게 되고 더 욕심을 부리게 되곤 했다. 미국에서 운동을 해야 하는 이유가 내 건강을 지키기 위해서라면, 너무 욕심을 부려서 하는 것보다는 미국의 광활한 자연 안에서 골프를 칠 수 있는 것에 만족하며 즐겁게 라운딩을 하는 것이 좋겠다는 생각이 든다.

뉴욕에서의
연애란

  뉴욕은 내가 처음으로 좋아하게 된 사람에게 고백한 장소이기도 하다. 〈무한도전〉에 나온 것처럼 나는 모태솔로였기 때문에 연애에는 숙맥이었다. 한국에 있을 때도 건어물녀처럼 밖에 나가는 걸 싫어해서 쉬는 날이면 집에서 잠만 잤다. 그래서인지 모르겠지만 뉴욕에 오기 전까지 누군가에게 고백을 받아 본 적도 없고, 해 본 적도 없었다. 항상 짝사랑만 하다가 말도 못하고 떠나보내던 나였지만 뉴욕까지 와서 집에만 있을 수 없다는 생각에 좋아하는 사람이 생기면 이번엔 용기를 내야겠다고 다짐했다.

  뉴욕에 처음 와서 잠깐 한인교회를 다닌 적이 있다. 거기서 같은 또래의 남자애를 만났고, 만난 지 얼마 되지 않았는데 말도 잘 안 해 본 애를 짝사랑하게 되었다. 그때 마침 뉴저지에서 빅뱅 콘서트가 열릴 예정이어서 콘서트 티켓을 예매해둔 상태였는데 친구들은 지금이 기회라며, 같이 가자고 해서 친해진 후에 고백하라고 나를 부추겼다. 고민 끝에 용기를 내어 빅뱅 콘서트 티켓이 한 장 남았으니 같이 가자고 문자를 보냈지만 시간이 안 된다는 답장을 받고 우울해졌다.

몇 주 후, 마음을 억누르지 못한 나는 용기를 내서 그 남자에게 고백을 해버렸다. 마음을 졸이며 답을 기다리던 그때 벨이 울렸다. 전화기를 집어 들었지만 허무한 답이 돌아왔다. 마음에 둔 여자가 있는데 때가 되면 고백할 생각이라는 것이다. 나는 풀이 죽어 친구에게 하소연을 했다. 친구는 그 상대가 나일지도 모른다며 다시 한 번 제대로 물어보라고 하는 것이다. 지금 생각하면 엄청난 설레발이지만 당시의 나도 미련 같은 게 남았는지 그 말도 좀 일리가 있다고 생각했다. 결국 다시 한 번 고백을 해봤지만 그의 사랑은 내가 아니었고, 한 사람에게 두 번이나 차이는 웃지 못할 해프닝으로 끝이 났다.

나의 두 번째 고백 상대는 첫 번째 남자와 생김새와 성격, 전공까지도 비슷한 남자였다. 친구들은 쌍둥이인 줄 알았다며 소나무 같은 나의 취향에 놀라워했고, 나는 이번엔 처음 같은 실수를 하지 말아야겠다는 생각에 시간을 두고 친해져보려고 노력했다. 남자의 전공은 미술이었는데, 중학교 때부터 미술이 취미였던 그림에 대한 나의 열정을 활용했다. 친구의 도움으로 그에게 그림 지도를 받는 자리까지 마련할 수 있었다. 브롱스에서 한 시간 반 가량 지하철을 타고 브루클린 브리지 근처에 있는 남자의 집으로 갔다. 집에 단둘이 있게 되자 가슴이 뛰기 시작했다. 이런 모습을 들키고 싶지 않아 아무렇지도 않은 척했다. 둘이서 그림도 그리고 이야기도 통하는 것 같았지만, 어쩐지 그가 나를 여자로 느끼는 것 같지가 않아서 내가 먼저 마음을 접어야만 했다.

그 이후 고백을 몇 번 받았고 고백을 하기도 했으나 서로 좋아하는 마음을 가지는 건 생각보다 쉽지 않은 일이었다. 애석하게도 뉴욕에서 6년을 보내면서도 연애다운 연애를 해 보지 못한 것이 아쉬움으로 남는다. 뭐, 앞으로 기회는 얼마든지 있겠지만 말이다.

뉴욕에는 패션스쿨이 많아 그런지 몰라도 어딜 가든 여자가 많다. 성비의 불균형이 눈에 보일 정도다. 적어도 내 관점에서는 말이다. 뉴욕에 있다고 하면 주위에서 외국인이랑 결혼하는 건 어떠냐고 묻곤 하는데, 실제로 주변에 외국인과 결혼한 지인들이 몇 명 있어서 생각을 해 보지 않은 건 아니다. 외국인과 결혼한 지인들은 모두 서른 후반 혹은 40대에 접어든 언니들인데, 다들 자기가 외국인과 결혼할 줄은 꿈에도 몰랐다고 한다. 부모님들도 포기했다던 언니들은 네다섯 살 연하의 외국인을 만나 결혼했고, 하나같이 하는 말이 남자가 집안 일도 잘 도와주고 자상하다는 것이다. 살다 보니 남자에 대한 기준도 바뀐다. 자상하고 성실한 남자가 결혼 상대로 좋다는 말에 충분히 공감한다.

뉴욕에 있으면서 외국인과 결혼한 언니들이 대단하다고 생각했는데 따지고 보면 나야말로 외국인이 아닌가. 이런 생각을 하면 '풋' 하고 웃게 된다. 그들에게 난 외국인이자 이방인인 셈이다. 그들에게 한국 여자들은 어떻게 보일까. 입장을 바꿔보니 그들의 시각이 궁금해지기도 했다.

세상은 넓고 남자는 많고, 나의 연애세포는 아직 건강하다. 뭐 어떠랴. 앞으로 좋은 인연이 있겠지. '없으면 혼자 살지'라는 생각을 하며 뉴요커로 열심히 살아가던 나였다.

문화생활이
보장되는 도시, 맨해튼

　사실 병원에서 처음 일하기 시작했을 땐 힘들게 번 돈을 뮤지컬을 보거나 미술관을 관람하는 데 쓰는 것이 잘 이해되지 않았다. 문화생활은 나의 쉬는 시간을 방해하는 것들이라고 생각했고, 퇴근하면 집에서 쉬는 것만이 계속해서 병원 일을 하는 것에 도움이 된다고 생각했다. 특히 신규 때는 퇴근하고 곧장 집으로 가서 쉰다고 해놓고 내 머릿속은 계속 병원에 대한 생각으로 가득 차 있었다. 간혹 가다 별거 아닌 일이라도 병원에서 전화를 받게 되면 마음이 불편해서 잠을 못 자거나 악몽을 꾸기 일쑤였다. 밤 근무를 하고도 다음 날에 바로 취미 생활을 즐기러 가는 친구들을 보면 '나는 저렇게 노는 데 시간을 탕

진할 수 없어. 오늘도 열심히 일을 했고 다음 일을 더 잘하기 위해서는 꼭 쉬어야 해!'라고만 생각했다. 하지만 결과적으로 나는 스트레스가 풀리지 않고 쌓여만 갔고, 친구들은 영화를 보거나 여행을 통해서 병원 스트레스를 풀고 리프레시가 되어 다시 일을 시작할 때 훨씬 더 오랜 시간 집중할 수 있는 원동력을 만들어 냈다.

'잘 노는 애가 일도 잘한다'라는 말이 어느 정도는 맞는 말이라는 생각이 든다. 미국에서 일할 때 병원에서 일하는 시간 외의 모든 시간을 테니스 치는 데 보내고 있다 할 정도로 취미 생활을 열심히 하는 동료가 있었는데, 운동을 하면서 체력도 점점 좋아지고 워라밸이 맞춰지면서 다른 병원 파트타임까지 할 수 있게 되었다. 이를 통해서 워라밸이 일의 생산성을 더 높일 수 있다는 것을 확실히 느낄 수 있었다.

내가 하고자 하는 일을 더 오래, 더 잘하고자 한다면 워라밸, 즉 워크-라이프의 밸런스(work-life balance)를 조절하는 것이 우리의 삶에서 정말 중요한 것 같다. 이 밸런스를 맞추기 위해 운동을 하거나 미술관, 뮤지컬을 관람하는 등 여러 방법 중에 자신에게 가장 잘 맞는 것을 찾는 것이 뉴욕에서 일을 하며 건강하게 살아가는 데 꼭 필요한 요소가 아닐까 생각이 들었다.

뉴욕에선 생각보다 저렴한 금액으로 문화생활을 즐길 수 있는 방법이 있었다. 뉴욕에서 생활하다 보니 자연스럽게 알게 된 이 기본적이고 쉬운 방법을 공유하고자 한다. 뉴욕에서 생활하면서 친구들과 시간이 잘 맞지 않을 경우 혼자 미술관, 박물관 혹은 뮤지컬을 보러 가는 경우가 많았다. 친구들과 몰려다니며 브런치를 먹고 즐거운 시간을 보낼 수 있지만 맨해튼은 혼자 다녀도 충분히 매력적인 곳이다. 여자 혼자 다니기에 치안도 잘 되어 있고 맨해튼의 길은 대부분 걷기 좋은 평지인 데다 목적지의 street과 avenue만 알면 길 찾기가 한국보다 훨씬 쉬운 편이다. 그래서 날씨가 좋은 날에는 뉴욕 맨해튼의 구석구석을 걸어 다니곤 했다.

맨해튼을 거닐 때 시작 포인트로 가장 좋은 곳은 upper east side이다. 센트럴파크를 가운데 두었을 때, 좌우를 upper east side와 upper west side로 나눌 수 있다. upper east side는 미국 드라마 〈가십걸〉에서 부유층들이 살아 유명해진 곳인데, 사실 관광을 올 정도로 구경할 만한 곳은 아니고 예쁜 집들과 정원 환경 등을 찬찬히 구경하기 좋은 곳이다. 지하철역이 있는 96가에서부터 걷기 시작하면 오른쪽으로는 센트럴 파크, 왼쪽으로는 예쁘게 잘 정돈된 집들을 볼 수 있다. 밑으로 내려오다 보면 5th ave, 88th st.에서 흰색 달팽이 모양의 특이한 외관이 인상적인 구겐하임 미술관을 볼 수 있다. 구겐하임 미술관은 매주 토요일 5:45~7:45pm에 기부 입장(방문객이 원하는 만큼 입장료를 지불)이 가능하기 때문에 저렴한 가격으로 미술관을 돌아볼 수 있지만, 사람이 너무 많아 줄을 서야 하고 조용히 미술품들을 둘러보기 힘들 수도 있다.

구겐하임 박물관에서 센트럴파크 쪽으로 나와 5street 정도 더 밑으로 걸어 내려오면 메트로폴리탄 박물관을 볼 수 있다. 자연사 박물관은 센트럴파크를 기준으로 메트로폴리탄 박물관의 바로 반대편 upper west side에 위치해 있다. 메트로폴리탄과 영화 〈박물관이 살아 있다〉로 유명한 자연사 박물관은 뉴욕 거주자이거나 뉴저지에 있는 학교에 다니는 학생이라는 증거가 있으면 기부 입장이 가능한데, 기부금은 얼마를 내든지 상관없지만 통상 2~5달러 정도만 내고 들어가도 된다. 특히 메트로폴리탄 박물관의 경우, 넓기 때문에 하루 만에 다 보는 건 힘들어서 여러 번 방문해서 둘러보는 것이 좋다. 물론 전시되어 있는 미술품을 관람하는 것이 주목적이지만 메트로폴리탄 박물관은 센트럴파크 바로 옆에 있어서, 1층 레스토랑에서 센트럴파크가 보이는 통유리를 마주 보고 난간 의자에 앉아 있으면 계절에 따라 달라지는 분위기를 느낄 수 있다.

이제 센트럴파크에서 더 밑으로 내려오면 미드 타운의 53가에 위치한 뉴욕 현대 미술관 모마(MOMA, The Museum of Modern Art)가 나온다. 단언컨대, 내가 뉴욕에서 가장 좋아하는 미술관이다. 모마는 반고흐, 피카소, 샤갈, 앤디 워홀, 모네 등의 대표 작품들이 많아 미술사에 대한 이해가 없어도 한눈에 알아볼 수 있는 작품들이 꽤 많다. 제일 유명한 작품으로는 반 고흐의 〈별이 빛나는 밤에〉, 피카소의 〈아비뇽의 처녀들〉, 모네의 〈수련〉 등이 있다. 모마는 뉴욕 시립대, 주립대 등 뉴욕의 주요 학교 학생일 경우에는 무료 입장이었기 때문에 나는 학생이었을 때 한 달에 한 번씩 꼭 들러서 〈별이 빛나는 밤에〉를 눈에 담곤 했다. 현재는 프리미엄 현대카드를 소지한 사람일 경우 무료 입장이 된다고 한다.

또 뉴욕 하면 브로드웨이 뮤지컬이 빠질 수 없다. 한국에 살 때 대학로의 소극장 공연은 자주 볼 기회가 있었지만 큰 규모의 대극장 공연들은 그다지 볼 기회가 많이 없었다. 뉴욕에 와서 가장 처음 본 뮤지컬은 〈메리 포핀스〉이다. 이 뮤지컬은 1964년에 나온 디즈니의 영화를 기초로 하고 있고 마술사이자 보모인 메리 포핀스가 개구쟁이 아이들을 돌보면서 벌어지는 일들을 그린 것이다. 엄마가 처음 뉴욕에 오게 되었을 때 친구가 엄마와 함께 보라며 티켓을 끊어주었던 뮤지컬이었다. 사실 영화로 본 적이 있었기 때문에 그리 큰 기대는 하지 않았는데, 무대 장치나 배우들의 표현력에 감탄하며 왜 사람들이 뉴욕의 브로드웨이를 높게 평가하는지 확실히 알 수 있었다. 이 뮤지컬을 보고 나서 뉴욕에서는 뮤지컬을 꼭 보아야겠구나 생각이 들어서 그 이후로도 〈신데렐라〉, 〈라이온 킹〉, 〈스파이더맨〉 등 몇 편의 뮤지컬을 보았다. 하지만 친구의 따뜻한 배려로 엄마와 함께 봤던 〈메리

포핀스〉만큼 감명 깊었던 뮤지컬은 아직 없다.

뮤지컬 티켓을 사는 방법은 여러 경로가 있지만 뉴욕에 살고 있는 내가 가장 유용하게 누릴 수 있었던 혜택은 러시 티켓(rush ticket)과 로터리(lottery)였다. 그렇게 좋은 자리는 아니더라도 30~50달러 사이로 뮤지컬을 볼 수 있었다. 러시 티켓은 그날 예정되어 있는 뮤지컬을 매표소 앞에서 기다렸다가 열리는 동시에 들어가서 티켓을 구입하는 현장 예매 방식이다. 다만 러시 티켓의 경우 장수가 정해져 있기 때문에 줄을 늦게 서면 못 살 수도 있다. 로터리는 뮤지컬 상영 두 시간 전에 도착해서 이름과 인원을 적어서 통에 넣으면, 추첨을 해서 ID(여권이나 학생증)를 제시하면 뮤지컬 티켓을 30~40달러 사이로 저렴하게 구입할 수 있다. 요즘에는 인터넷으로 신청할 수 있는 로터리가 있다고 하는데 https://www.nytix.com/broadway 혹은 https://broadwaydirect.com에서 방법을 참조하면 될 것 같다.

뉴욕에 잠깐 여행을 온 관광객의 입장에서는 로터리가 그날의 여행 스케줄에 영향을 끼칠 수 있기 때문에 이용하기 어렵고, 뉴욕에 살고 특히 평일에도 시간 여유가 되는 간호사들의 경우 쉽게 이용할 수 있는 방법이다. 친구나 부모님과 함께 뮤지컬을 본 경우도 있지만, 쉬는 날 혼자 맨해튼에 가서 러시 티켓을 구입해 두고 카페나 도서관에서 공부를 하다가 저녁에 시간을 맞춰 뮤지컬을 본 경우도 종종 있었다.

딸래미 만나러 온
여행광 엄마

"난 걸을 수 있는 한, 끝까지 여행 다니다 죽을 거야."

엄마는 여행광이다. 중학교 때 가족들과 함께 좋은 기회로 자동차로 유럽 여행을 한 적이 있다. 가족들과의 좋은 추억이 있어서 그런지 몰라도 그때부터 엄마는 여행을 좋아하게 되었고, 가족들이 일하느라 바쁠 때엔 혼자 패키지에 참여해서 다른 사람들과 여행을 가시는 경우도 있었다. 엄마는 여행을 하기 위해 영어를 배우기 시작해서 지금은 영어로 짧은 대화가 가능할 정도다.

뉴욕에 있을 때 1년에 한 번은 꼭 엄마가 와서 한두 달 정도 머무르다 가시곤 했다. 그때도 엄마가 한 달 정도 오기로 했는데 출국 일주일 전에 화장실에서 미끄러져 팔이 부러지셨다. 14시간 이상의 장거리 비행이다 보니 불편한 몸으로 오는 게 못내 마음에 걸려, 다음에 오시라고 말렸는데도 엄마는 꿋꿋이 깁스를 한 채 비행기에 올랐다. 사실 비행기도 직항이 아니라서 중간에 경유하는 공항에서 짐을 찾고 다시 미국 국내선으로 환승을 해야 했다. John F. Kennedy 공항에서 엄마를 기다리고 있자니 손에 땀이 나기 시작했다. '엄마가 환승통로를 못 찾으면 어쩌지? 짐을 제대로 못 찾았으면?' 하고 고민하며 비행기 출구만 뚫어지게 보고 있었다. 드디어 엄마의 얼굴이 보였다. 오른쪽 팔에 깁스를 하고 공항 카트에 두 개의 커다란 트렁크를 멀쩡한 왼손과 몸으로 밀어내며 나에게 다가오고 있었다.

"엄마, 도대체 어떻게 왔어?"

엄마는 웃으면서 어느 때보다 편하게 왔다고 말씀하셨다. 환승할 때도 엄마가 옆사람이나 직원에게 "캔 유 헬프 미?"라고 했더니, 엄마의 깁스한 팔을 보고 흔쾌히 도와주고 국내 항공 카운터까지 에스코트를 해 주었다는 것이다. 여러 나라를 여행했던 엄마의 경험이 그 순간 빛난 게 아닐까 싶다. 예전에 뉴욕에 눈이 많이 와서 비행기 출발이 계속 지연된 적이 있는데, 그때도 일본을 경유해야 하는 비행기였다. 엄마는 일본에 늦게 도착하는 바람에 하룻밤을 혼자 묵게 되었는데도 아무 탈 없이 씩씩하게 한국으로 잘 돌아갔다. 친구들 엄마를 보면 직행으로 오는 비행기도 두려워해서 미국에 한 번도 오지 못하는 경우가 있는데, 그런 걸 생각하면 엄마가 자랑스러웠다.

여행을 좋아하는 엄마는 뉴욕에 오면 가까운 주나 근처 나라들을 여행하고 싶어 한다. 지금까지 필라델피아, 워싱턴, 보스턴, 라스베이거스 그리고 캐나다까지, 올 때마다 항상 함께 여행을 했다. 이번에는 직장 동료인 스테이시의 추천으로 멕시코 칸쿤에 가기로 했다. 동료인 스테이시가 작년에 갔다 왔는데, 호텔과 비행기를 세트로 구매하면 가격도 저렴하고, 특히 호텔의 경우 'all inclusive'라고 해서 호텔 내에 있는 뷔페, 레스토랑 그리고 바의 음료수 및 술이 언제든 이용 가능한 패키지가 최고라고 한다.

엄마는 나의 좋은 여행 동반자이다. 미국에서뿐만 아니라 미국으로 오기 전에 한국에서도 인도와 동남아시아 등을 배낭을 메고 같이 여행을 했었다. 힘든 적도 있었지만 모녀 간에 이런 추억이야말로 재산이 아닌가 싶어 열심히 돌아다녔다. 엄마는 두 발로 땅을 걸어 다닐 수 있을 때까지 여행을 하다가 죽고 싶다는 말씀을 하셨다. 어느새 내가 나이를 먹나 보다. 그런 얘기를 들을 때마다 내가 엄마의 꿈을 지

커줘야겠다는 생각을 하게 되는 걸 보면. 이번 연말엔 부모님이 환갑을 맞아 남아메리카로 30일 동안 크루즈 여행을 떠날 예정이다. 나와 동생이 모든 경비는 아니지만 함께 어느 정도 보태기로 했다. 여행을 떠날 날이 꽤 남았지만 엄마는 벌써 기대에 부풀어 계신다.

쇼핑천국에
발을 들이다

한국에 있을 때 엄마와 일주일에 한 번은 꼭 쇼핑몰에 가는 편이었다. 백화점, 아울렛, 지하 쇼핑몰 등 돌아가면서 이용했다. 엄마의 영향을 받아서 꼭 물건을 사지 않더라도 윈도우 쇼핑을 하는 것을 좋아해서, 한번 쇼핑몰에 가면 항상 3시간 이상 쇼핑을 한다.

미국에서도 엄마와 함께 쇼핑하던 습관이 들어서 바쁜 와중에도 2주에 한 번은 쇼핑을 하러 갔고, 쇼핑은 스트레스를 해소하는 하나의 방법이 되었다. 사실 키도 크고 몸집이 있는 편이어서, 한국에서 옷을 사면 팔이나 바지가 조금씩 짧게 느껴지는 문제가 있어서 옷을 사면 수선을 맡겨야 하는 경우가 많았다. 하지만 미국에서 쇼핑할 때에는 그런 걱정을 할 필요가 없다. 예를 들면, 어떤 브랜드는 옷의 사이즈를 다양한 인종의 신체 특성에 맞게 사이즈를 여러 종류로 만들기 때문에, 바지의 길이도 long, short 그리고 petit 사이즈 등으로 나누어져 있어서 바지의 길이를 수선해야 할 걱정을 덜 수 있었다. 나는 미국에서 조금 살이 찐 상태였기 때문에 넉넉하게 77사이즈를 입었다. 바지 길이를 내가 선택할 수 있으니 수선할 필요 없이 딱 맞았다. 예전에 한국에서 옷을 살 때는 스트레스를 엄청 많이 받은 기억이 있다. 요즘에는 좀 나아졌지만, 한국 옷들은 가장 기준이 되는 프리사이즈가 44, 55에 맞춰져 있기 때문에 아예 살 생각도 해 보지 않았다. 프리사이즈가 맞지 않는 내 몸이 원망스럽기도 하고, 진지하게 다이어트를 해야 하나 고민하곤 했다.

처음 미국에서 쇼핑을 하러 왔을 때는 신세계였다. 뉴욕에 있는 우드버리 아울렛, 34가에 있는 메이시스 백화점, 그 외 여러 매장(forever 21, GAP, ZARA 등)을 돌아다니면서 점원의 눈치를 보지 않고 마음에 드는 옷들을 모두 입어보며 쇼핑할 수 있었다. 미국에서 가장 많이 갔던 쇼핑몰은 Marshalls(마샬)이다. 브롱스에 살 때 걸어서 5분 거리에 있던 쇼핑몰인데, 생활용품이나 향수, 초, 가구 등을 할인된 가격에 살 수 있었다. 평균 100달러 이상의 겨울 캐시미어 니트가 가끔 30~40 달러까지 할인할 때도 있다. 이곳은 집에서도 가까워서 쇼핑을 사랑하는 엄마가 미국에 놀러 오셨을 때 내가 일하러 가거나 하면, 혼자서 쇼핑을 하며 보내시기도 했다.

우드버리 아울렛은 뉴욕 맨해튼과는 좀 떨어져 있는 곳에 있다. 자동차를 운전해서 가지 않아도 아울렛에 가는 방법은 다양하지만, 주로 많은 사람들이 42가 Port Authority 버스터미널에서 코치 버스를 탄다. 버스를 타고 시외로 빠져나가 1시간 30분 정도 가면 도착하는데, 차비가 왕복으로 30~40달러 정도 들기 때문에 세일 기간에 기회를 보고 가는 것이 좋다.

마샬이나 우드버리 아울렛 말고도 뉴욕에서 갈 수 있는 쇼핑 매장은 정말 많다. TJ max나 Norstrom rack(노스트럼 락)도 유명 할인 쇼핑몰로, 유명 브랜드 제품들을 싼 가격에 살 수 있는 곳이다. 관광차 뉴욕에 온 사람이라면 아울렛도 나쁘지 않지만, 뉴욕에 살고 있다면 좋은 물건을 더 싸게 살 수 있는 할인 쇼핑몰이 낫다. 34가의 유명한 Macy's 백화점의 경우에도 40~60% 세일을 하고 있는 물건들이 항시 진열되어 있기 때문에 잘 이용하면 합리적인 쇼핑이 가능하다.

화장품 같은 경우 한국에서 사나 미국에서 사나 큰 차이가 없다. 하지만 미국에서 살 경우 인터넷에서 가끔 15~20% 정도 할인을 해 주거나 블랙 프라이데이 때 50%의 할인을 하는 경우가 있기 때문에 인터넷에서 정보를 잘 살펴보고 이용하는 것이 좋다. 잘만 이용하면 오프라인 매장보다 훨씬 싸게 구매할 수 있다.

미국에서 가장 많이 들락날락한 사이트 중에 미씨쿠폰(https://www.missycoupons.com)이라는 곳이 있는데 이곳에 들어가면, 온라인 혹은 오프라인 매장에서 파는 핫한 세일 품목들을 알 수 있고, 링크가 연결되기 때문에 편리하게 물건을 살 수 있다. 가끔 필요하지 않은 물건이 엄청나게 세일을 하고 있으면 나도 모르게 클릭을 하게 되는 부작용이 있긴 하지만, 굳이 회원가입을 하지 않아도 핫한 세일 물품을 서로 공유하는 이런 사이트 덕에 미국 생활에서 큰 도움이 되었다. 나중에 알게 된 사실이지만 미씨쿠폰은 미국에서 사는 사람에게만 도움이 되는 곳이 아니라 한국에서 직구를 하는 사람들에게도 할인되는 팁을 주고 있다고 한다.

1년 전부터 가지고 싶은 코트가 있었는데, 미씨쿠폰을 통해 백화점에서 1000달러 이상의 물건을 사면 200~300달러 정도 할인된다는 것을 알게 되었다. 내가 사기엔 정말 비싼 가격이라 누가 저런 옷을 입을 수 있을까 포기하고 있었는데, 미씨쿠폰을 통해 250달러 정도 할인된 가격으로 사게 되었다. 대신 배송지는 뉴저지에 있는 친구 집으로 설정하였는데, 그 이유는 뉴욕의 경우 의류나 신발을 살 때 110달러 이상의 제품은 택스가 붙기 때문이다. 그렇게 갖고 싶었던 코트는 나의 품에 들어왔고, 이번 겨울에도 잘 입을 예정이다. 여자들의 삶에 쇼핑은 빠질 수 없는 즐거움이라고 생각한다.

뉴요커 간호사의 쇼핑법

• Macy's

특징

우리나라의 고급스러운 백화점과는 거리가 멀고, 백화점이지만 아울렛 느낌이 난다.
게스, 캘빈클라인, 타미힐피거 등 미국 브랜드의 옷, 가방, 지갑 등이 상시 40~50%
까지 세일하고 있다.

위치

151 W 34th St, New York, NY
34가에 위치하고 있기 때문에 관광객들이 많고 Thanksgiving day 등의 특별한 날에
는 발 디딜 틈이 없다.

Macy's에서 주최하는 Thanksgiving day 퍼레이드는 거대하고 다양한 캐릭터 풍선들과
함께 수천 명의 퍼포먼스팀이 공연을 하는 것으로 유명하다.

• Bloomingdale's / Lord&Taylor / Saks Fifth Avenue

특징

뉴욕 맨해튼에 있는 백화점들로, 우리나라 고급 백화점과 비슷하다. 평소 세일을 잘 하지 않지만 이벤트가 있을 때 할인 폭이 커서 고가의 물건을 살 때 유용하다.

위치

Bloomingdale's 1000 Third Avenue 59th Street and, Lexington Ave, New York, NY

Lord&Taylor 424 5th Ave, New York, NY

Saks Fifth Avenue 611 5th Ave, New York, NY

• Century 21

특징

맨해튼에 지점이 두 군데 있고, 시간이 부족할 때 뉴욕 시내에서 쇼핑하기에 최적인 아울렛이다. 화장품, 선글라스, 가방 등 없는 게 없다. 다만 물건이 많고 규모가 큰 만 큼 고르기 쉽지 않고 지난 시즌의 물건들이 많을 수 있다.

위치

21 Dey St, New York, NY

1972 Broadway, New York, NY

· NORDSTROM RACK

특징

Nordstrom이라는 백화점이 있고, 아울렛의 개념으로 Nordstrom Rack이 있다. 다양한 잡화들이 있고 명품을 착한 가격에 살 수 있다.

위치

865 6th Ave, New York, NY

· Woodbury Outlet

특징

뉴욕에서 차를 타고 1시간 이상 걸리며, 42가 port authority에서 아울렛 셔틀버스를 유료 운행 중이다. 실제 브랜드 가격의 최대 60~80% 할인된 가격으로 구매할 수 있으나 셔틀버스 가격이 생각보다 비싸기 때문에 선물을 대량구매할 때 가는 것이 이득이다.

위치

498 Red Apple Ct, Central Valley, NY

• Marshalls / TJ maxx

특징

저렴하고 합리적인 가격에 물건을 살 수 있는 아울렛 혹은 할인 매장으로 뉴욕에도 여러 군데의 매장이 있고 판매하는 물건은 유명브랜드의 의류 잡화부터 향수, 초콜 릿, 그릇 등의 부엌 용품까지 다양한 물건들을 저렴한 가격에 살 수 있다.

위치

체인 아울렛이어서 뉴욕 곳곳에 매장이 있다. 사이트에서 아울렛의 정보를 확인할 수 있다.

https://www.marshalls.com
https://tjmaxx.tjx.com/store/index.jsp

놓칠 수 없는
블랙 프라이데이 찬스

"이번 블프에는 뭐 살지 생각해봤어?"

"안 그래도 블프 때 기다렸다 사려고 위시리스트에 이것저
것 많이 담아놨지."

블프는 '블랙 프라이데이'를 줄인 한국의 은어로, 1년 중 미국의 가
장 큰 세일 대란이 시작되는 날이다. 소비자의 소비 심리도 상승되어
이전까지 지속된 도매업자들의 적자(red figure)가 흑자(black figure)로 전
환된다고 해서 블랙 프라이데이라고 라고 부르게 되었다고 한다. 이
때 소비는 미국 연간 소비의 약 20% 가량을 차지한다.

11월 말의 맨해튼은 평소 쇼핑에 관심이 없었던 사람들마저 주머니에서 달러를 꺼내게 만드는 곳이다. 거의 모든 상점에서 화려하게 'Big Sale'이라는 유혹적인 문구를 붙여놓기 때문에 발걸음을 멈추고 들어갈 수밖에 없다. 쇼핑 초보자들은 도대체 무엇을 어떻게 쇼핑해야 할지 몰라 충동구매나 사재기를 하게 되는 경우가 대부분이다. 막상 세일 물건이 쏟아지게 되면 무엇을 사야 할지 혼란이 올 수 있기 때문에 세일 시즌을 잘 즐기기 위해서는 약간의 팁이 필요하다.

일단 평소에 필요한 물건들을 인터넷을 통해서 골라놓고 위시리스트(wish list)에 담아놓는 것이 좋다. 내가 평소에 구매하려고 하는 물건을 다른 사람들도 노리고 있을 가능성이 높기 때문에 세일이 시작될 때 가장 먼저 구입하는 것이 좋다. 그렇지 않으면 나중에 사이즈가 없다거나 마음에 드는 색상이 없다거나 사고 싶어도 살 수 없는 일이 종종 생기기 때문이다. 평소 필요하지만 쉽게 사기 어려운 물건들, 특히 노트북 같은 가전제품 등은 11월 말 블랙 프라이데이에 사는 것이 좋다.

블랙 프라이데이를 놓쳤다고 해서 실망할 필요는 없다. 추수감사절 연휴 이후의 첫 월요일에는 '사이버 먼데이(Cyber Monday)'라고 해서 인터넷 쇼핑몰들이 대대적인 세일에 들어간다. 이때 매장에서는 팔리고 남는 물건들은 더 할인된 가격으로 파는 경우가 많기 때문에 매장에 들러 쇼핑을 하는 것도 좋은 방법이다. 연휴 후에 일상으로 돌아온 소비자들이 컴퓨터 앞에서 블랙 프라이데이 때부터 이어진 쇼핑을 계속하는 경우가 많아 매출액이 급등하는 이 시기를 '사이버 먼데이'라고 부르게 되었다고 한다.

종합하면, 블랙 프라이데이는 내가 위시리스트에 담아놓은 물품을 콕 집어서 하나씩 사는 것이 좋고, 사이버 먼데이를 시작으로 Christmas, New Year's day까지는 전체 매장에서 세일이 이루어지기 때문에 매장에서 옷이나 악세사리를 구매하기 좋은 시기라고 생각한다. 그리고 온라인에서 옷, 화장품, 비행기 티켓, 호텔 등도 모두 세일에 들어가기 때문에 온라인 할인 쿠폰이나 세일 기간을 확인해 놓는 것이 좋다. 나는 미씨쿠폰을 애용하다 보니 이런 정보들도 미씨쿠폰 홈페이지에서 미리 확인하는 편이다.

블랙 프라이데이는 거의 목요일 저녁 6시 이후부터 시작되는데, 가전제품을 파는 'Best Buy' 같은 쇼핑몰은 오픈 전 두세 시간 전부터 사람들이 어마어마하게 줄을 선다. 5~6년 동안 딱 한 번 블랙 프라이데이 전날 밤에 친구와 함께 맨해튼에 간 적이 있는데, 거의 밤 10시부터 애플스토어나 마트 앞에 사람들이 줄을 선 것을 보고 CNN 채널로만 보던 장면이 거짓이 아님을 내 눈으로 확인할 수 있었다. 시끄럽고 사람 많은 곳을 별로 좋아하지 않기 때문에, 그 이후로 블랙 프라이데이 때는 절대 쇼핑을 가지 않겠다고 다짐하고 대부분의 쇼핑을 인터넷으로 하게 되었다. 친구의 경험에 따르면 블랙 프라이데이 때 뉴욕의 우드버리 아울렛에 가 보면 평소에는 그렇게나 광활한 주차장에 자리가 하나도 없어서 주차하는 데만 1시간이 넘게 걸린다고 한다.

블랙 프라이데이 기간 동안의 사재기 소비 행태를 비난하는 사람들도 많지만, 이제 미국의 블랙 프라이데이는 미국에만 국한된 것이 아니라 전 세계의 문화로 자리 잡아가고 있다는 느낌을 받는다. 너도 나도 인터넷을 통해 직구를 하기 때문에 소셜 미디어를 잠깐만 찾아보고도 쉽게 세일 기간에 한국에서 미국의 물건을 살 수 있기 때문이다. 평소에 가지고 싶었지만 엄두가 나지 않았던 가전제품, 화장품, 옷 등을 원래 가격보다 적어도 50% 이상 할인된 가격으로 살 수 있는 기회를 가질 수 있기에 좋은 물건을 싸게 살 수 있다는 작은 행복을 그렇게 나쁘게만 생각할 건 아닌 것 같다.

면허를
따기 위한 대장정

　뉴욕은 대중교통이 잘 되어 있는 곳이긴 하지만 병원이 맨해튼이 아닌 뉴욕 외곽에 있을 경우, 혹은 뉴저지에서 뉴욕 맨해튼 병원으로 출근하는 경우 차가 필요하게 된다. 뉴욕 시내는 지하철 노선이 잘되어 있는 편이지만, 뉴욕 외곽이나 뉴저지까지는 노선이 확보되어 있지 않다. 버스의 수도 적기 때문에 대중교통으로 출퇴근하는 데 한계가 있을 수 있다. 4~5년 동안 브롱스에 살 때는 버스나 지하철이 잘되어 있어서 차가 있어야 한다는 필요성을 별로 느끼지 못했다. 나중에 뉴저지로 이사를 가고 나서는 브롱스에 있는 병원으로 출퇴근해야 했기 때문에 차를 살까 심각하게 고려했지만, 마침 같은 병원에서 일하는 한국인 간호사 선생님이 차를 소유하고 있어서 카풀을 하게 되었다.

미국에서 차를 사려면 가장 먼저 무엇이 필요할까? 바로 미국 운전면허증이다. 뉴욕주에서는 면허증을 따기 위해 필기와 실기시험에 모두 합격해야 하는 반면, 뉴저지의 경우 한국에서 취득한 국제면허증만 있으면 실기시험만으로 면허증을 발급받을 수 있다. 그래서 뉴저지에 친분이 있는 사람들은 주소를 뉴저지로 옮긴 후에 면허증을 따는 것을 선호한다. 면허 테스트에 응시하려면 몇 가지 서류를 준비해야 하는데, 준비한 서류의 점수가 모두 합쳐서 6점이 되어야 면허증을 따기 위한 자격을 받을 수가 있다. 그 서류들을 가지고 운전면허증 발급과 자동차 등록을 하기 위해 방문하는 곳은 일반적으로 DMV(Department of Motor Vehicle)라고 불린다.

대체로 미국의 공공기관들은 일 처리 속도가 느리기 때문에 특히 토요일에 가게 되면 건물 밖으로 줄이 길게 늘어져 있는 광경을 목격할 수 있다. 평일이나 오픈 시간에 맞춰서 가기를 추천한다. 여기서 깐깐한 담당자에게 걸리게 되면 가져온 서류에 대해서 문제를 삼거나, 추가 서류를 요청하는 등 곧바로 통과가 안 돼서 생각보다 시간이 걸릴 수 있으니 서류를 꼼꼼히 챙기고 여유있게 가기 바란다. 영화 〈주토피아〉에서도 DMV가 나오는데, 일하는 공무원들이 나무늘보로 나오면서 일을 너무 느리게 해서 주인공 주디가 답답해하는 장면이 있다. DMV에 가본 사람들은 모두 공감하는 풍자 장면이라고 한다. 사실 DMV뿐만 아니라 대부분의 미국 공공기관은 처리가 느리고 불친절한 경우가 많다. 건물 안에 들어갈 수 있는 사람의 수도 제한되어 있기 때문에 건물 밖에 줄을 서서 1시간 넘게 기다릴 수도 있다.

서류에 문제가 없으면 담당자에 의해 시험을 볼 수 있는 자격을 받게 되고, 컴퓨터가 있는 공간에서 바로 시험을 치르게 된다. 자신이 선호하는 언어로 문제를 풀 수 있고, 인터넷을 잘 찾아보면 한국어로 해석된 예상문제를 쉽게 찾을 수 있다. 문제는 전부 객관식이며 다음 문제로 넘어가기 위해서는 답을 선택한 후 확정 버튼을 눌러야 한다. 곧장 문제가 맞았는지 틀렸는지 정답 여부를 알려주며, 화면 하단에 스코어를 확인할 수 있다. 모르는 문제는 패스하고 아는 문제부터 풀 수도 있고, 총 50문제 중 40문제를 맞추면 된다. 불합격 시엔 일주일이 지나야 재응시를 할 수 있다.

면허증을 발급받았다는 전제하에 이제 차를 구매하는 단계를 살펴보자. 미국에서 차를 사는 것은 한국보다는 조금 더 까다롭다고 하니 사기 전에 미리 공부를 해둬야 한다. 일단 사고 싶은 차종을 고르고, 새 차나 중고차를 구입할 것인지 혹은 리스 여부를 먼저 고민해야 한다.

새 차를 구입하고 싶은 경우에는 인터넷으로 차의 시장 가격(market

price)을 알아본 후 주변에서 가장 가까운 딜러들을 방문하는 것이 좋다. 딜러를 만날 때 가장 중요한 것은 OTD(out the door) price를 알아보는 것인데, 실제로 차를 가지고 나갈 때 최종 지불하는 금액을 말한다. 처음 확인했던 시장 가격은 단순히 제품의 가격(sale price)이고, 여기에 다양한 세금(tax), 딜러 거래 비용(dealer processing fee), 자동차 등록비(tag & title), 추가 옵션비 혹은 딜러들만의 추가 디스카운트에 따라 가격이 달라지기 때문에 최종 가격을 확실히 확인한 후에 다른 곳들과 모두 비교해야 한다. 그 후에 3~4군데로 추린 후 딜러들에게 추가 할인이 가능한지 협상을 해보는 것도 방법이다.

중고차를 구입하거나 리스(lease)하는 경우도 새 차와 똑같이 인터넷으로 알아본 후 딜러를 통해서 구입할 수 있다. 앞서 거주지를 알아보았던 헤이코리안에서도 중고차를 구매할 수 있다. 딜러 없이 바로 구매가 가능하기 때문에 중개 비용을 아낄 수 있지만, 자동차에 대해 전혀 모르는 나 같은 사람들은 잘못 사게 되면 덤터기를 쓰거나 이상한 차를 넘겨받아 계속해서 수리를 맡겨야 되는 경우가 생길 수 있으므로 추천하지 않는다. 리스를 하는 경우 중요한 것은 역시 리스 조건을 꼼꼼히 살펴보는 것이다. 최소 36개월 계약이고 한국 차 리스는 유학생도 가능하지만 외국 브랜드의 경우 크레딧이 있어야 리스가 되는 경우도 있으므로 잘 알아봐야 한다.

차를 산 후에는 보험을 들어야 하는데, 6개월 단위로 보험료를 지불하면 되지만 보험별로 커버되는 범위가 다르기 때문에 가격이 천차만별이다. 이때 운전 경력도 영향을 주게 되는데, 주변 사람들을 보면 300~500달러를 보험료로 지불하고 있었다.

미국은 한국보다 교통체증이 덜하고 도로도 넓기 때문에 운전하기가 수월하다. 그래서 여기서 운전하다가 한국, 특히 서울에 가면 운전이 만만치 않아진다고 한다. 한국 기름값에 비해 휘발유값이 40% 정도 싸기 때문에 한국보다는 자동차 유지비가 덜 드는 편이다 (한국: 1L = 1300~1400원, 미국: 1gallon(3.785L) = 2300~2400원 => 1L = 약 700원). 한국처럼 주유소마다 휘발유 가격은 조금씩 다른데, 친구 말에 따르면 뉴저지의 코스트코에 있는 주유소가 다른 주유소보다 가격이 훨씬 저렴해서 주말이면 차들이 줄을 길게 늘어서 있는 것을 볼 수 있다고 한다.

미국 교통 법규에선 자동차 운전 시에 'stop' 사인 있을 때 주변에 다른 차들이 없을지라도 정확히 3초 정도 정지한 후 다시 주행을 시작해야 하는 규정이 있다. 한국 사람들이 미국에서 운전할 때 가장 많이 하는 실수 중 하나인데, 한국에는 그러한 규칙이 없기도 하고 한국 사람들의 급한 성격 때문에 경찰에게 자주 잡혀 벌금을 낸다고 한다. 미국 영화나 드라마에서 나오는 미국 경찰의 모습은 절대 봐주지 않는 냉정한 이미지가 강한데, 상황에 따라 융통성이 전혀 없는 것은 아니라고 한다. 1년에 한 번씩 꼭 해야 하는 자동차 등록을 실수로 하지 않은 친구가 있었는데 경찰이 주차장까지 따라왔다고 한다. 한국에서 온 지 얼마 안 돼서 정말 몰랐다며 미안하다고 사정을 하자, 경찰은 벌금을 아예 청구하지 않을 순 없고 원래 내야 할 벌금보다 더 낮은 금액으로 처리해준 적이 있다고 한다. 운전 미숙이나 실수로 미국 경찰을 맞닥뜨렸을 때 영화나 드라마에서처럼 냉정하지만은 않을 수 있으니 한번 사정을 말해보는 것도 좋을 것 같다.

뉴욕에서 자동차를 타고 갈 만한 근교로는 필라델피아, 보스턴, 워싱턴, 애틀랜틱 시티 등을 들 수 있다. 영화 〈이터널 선샤인〉의 촬영지로 유명한 몬탁(Montauk)이라는 곳은 뉴욕주의 롱아일랜드 동쪽 끝에 위치한 해변으로, 뉴욕에서 해가 가장 먼저 뜨는 곳으로 유명해서 매년 새해 아침이면 해돋이를 보러 가는 사람들로 붐빈다. 한국으로 말하자면 정동진 같은 곳인데 맨해튼에서 차를 타고 가면 2시간 반 정도면 도착하고, 앞에서 언급한 LIRR과 같은 대중교통을 이용할 땐 약 4시간 정도가 걸린다고 한다. 차도 없을 뿐더러 너무 멀기 때문에 나는 아직 한 번도 가본 적이 없다.

대신 뉴저지 포트리에서 1월 1일에 해돋이를 보기 위해 차로 1시간 거리인 Belmar beach라는 곳에 간 적이 있다. 여름에는 물놀이를 즐기러 온 사람들로 꽉 차서 주차장에 자리를 찾기가 힘들 정도였다.

해돋이를 보러 온 사람들도 꽤 있었는데, 전날 비가 많이 온 터라 구름이 많이 껴서 선명한 해돋이를 볼 수는 없었다.

미국은 자동차를 구입하고 운전하는 것에 있어 한국보다 더 나은 환경이라고 할 수 있다. 만약 여러 가지 이유 때문에 한국에서 운전을 망설이고 주저했다면, 미국의 광활한 대지에서 운전을 시도해 보는 것도 좋은 생각인 것 같다.

뉴욕의 뚜벅이를 위하여

뉴욕 시티는 지하철 노선이 굉장히 잘 되어 있어, 자동차가 없이도 살 수 있는 미국의 도시 중 하나이다. 100년의 역사를 가지고 있는 미국의 지하철이지만 깨끗한 지하철만 경험해온 한국 사람들에게 뉴욕의 지하철은 충격적인 비주얼과 냄새를 갖고 있다. 물론 세월의 흔적 때문이라고 할 수도 있겠지만 그보다는 노숙자를 비롯한 취약 계층의 은신처로 오랫동안 방치되어 있던 탓도 큰 것 같다. 현재 뉴욕의 지하철은 뉴욕 시에서 환경을 개선하기 위해 대대적인 청소와 공중 방역 조치 및 노숙자 제재 활동을 취하고 있지만 아직까진 여전히 지저분하고 위험해 보인다.

뉴욕의 지하철에서 메트로 카드를 사면 시내버스까지 이용이 가능하다. 미리 충전을 해서 사용하는 방식으로, 얼마나 멀리 가는지 목적지와는 상관없이 2.75달러가 차감된다. 1회 이용권은 3달러이기 때문에 뉴욕 관광 시 1달러의 보증금을 지불하고 충전 카드를 이용하는 것이 이득이다. 정액권은 7일 무제한을 32달러에 팔고 있고, 30일 무제한을 121달러에 팔고 있기 때문에 여러 번 이용할 경우 유용하다.

지하철 이용도 어렵지 않다. 탑승 전 지하철의 방향이 uptown인지 downtown인지 확인하는 것이 가장 중요하다. 정방향과 역방향이 마주 보고 있는 한국 지하철과는 다르게 승강장이 아예 다른 곳에 위치하는 경우가 간혹 있기 때문에 주의하지 않으면 다른 방향으로 가기 쉽고, 지하철 표를 다시 끊어야 하는 경우도 생길 수 있다. 뉴욕 지하철은 24시간 운영하지만 새벽에는 안전을 위해서 타지 않는 것이 좋다.

한국에서도 지하철을 많이 이용했지만, 뉴욕에 와서도 지하철 노선이 편리하기 때문에 자동차를 살 생각을 전혀 못했다. 나와 같은 뚜벅이들을 위해 자동차 없이도 갈 수 있는 뉴욕 근교의 괜찮은 여행지를 소개해보려고 한다. 지하철만으로 가기는 어렵고, LIRR(Long Island Rail Road)을 통해 갈 수 있는 곳이다. LIRR은 뉴욕 맨해튼 동쪽에 위치한 긴 모양의 섬인 롱아일랜드(Long Island) 로 가는 기차를 말한다. LIRR은 출퇴근길 교통수단으로 이용될 뿐만 아니라, 맨해튼에 사는 뉴요커들이 주말에 피서나 레저를 즐길 수 있는 곳인 존스 비치(Jones beach)와 파이어 아일랜드 (Fire Island) 등이 자리 잡고 있는 롱아일랜드로 향하는 이동 수단이기도 하다. 뉴욕 32가 7 avenue에 있는 펜 스테이션(Penn station) 혹은 그랜드 센트럴(Grand Central) 역에서 탈 수 있다. 펜 스테이션은 한국으로 생각하면 용산역 같은 곳이라고 할 수 있는데, 34가 지하철역에 내려서 게이트를 나서면 바로 열차표를 살 수 있는 판매기와 창구가 보인다. 평일 출근 시간과 퇴근 시간 외에는 off peak 30% 할인을 해 준다. 그 외에 5~11세 어린이 반액 할인, 65세 이상 노인 할인도 있다. 일행의 수가 많거나 가까운 미래에 몇 번 더 갈 의향이 있다면 그룹할인권으로 사는 게 훨씬 저렴하다. 대신 그룹할인권은 창구에서만 구매할 수 있다.

LIRR을 타고 한 시간이면 롱아일랜드의 롱비치(long beach)에 도착한다. 역에서 나와 사람들이 많이 걷는 쪽으로 걷다 보면 해변가가 보인다. 롱아일랜드의 비치는 대부분 개인 사유인 경우가 많기 때문에 입장료를 내고 들어가야 하는데, 바다에 어떻게 주인이 존재할 수 있는지, 누가 입장료를 낼까 하고 의아했다. 나는 태닝 (tanning)을 위해 8월 말 그곳을 찾았었다. 처음 해 보는 태닝은 색다른 경험이었다. 따뜻한 햇빛 아래 누워 있다 보면 점점 나른해지기 시작한다. 미국은 태양빛이 강하기 때문에 너무 과도하게 햇빛을 쬐지 않도록 주의해야 한다. 난 이때 등 위쪽으로 빨갛게 물집이 잡혀 고생한 기억이 있다.

주말에 LIRR을 타고 한 시간을 가는 것이 조금 부담스럽다면 뉴욕의 코니아일랜드 비치(Coney Island beach)를 추천한다. 코니아일랜드는 입장료가 없고 맨해튼에서 지하철 D, F, N, Q라인을 타고 종점까지만 가면 된다. 미국 최초의 유원지이자 100년 전 부자들의 인기 휴양지였다. 코니아일랜드는 우리나라의 월미도나 오이도 같은 분위기인데, 루나파크라는 테마파크까지 같이 있어서 가족들과 함께 방문하기 좋은 곳이다. 하지만 접근성이 좋은 만큼 휴가철과 주말에 가족 방문객들로 붐비는 편이다. 그리고 미국 독립 기념일에 열리는 '핫도그 빨리 먹기 대회'로 유명한 Nathan's Famous 본점이 코니아일랜드에 있는데, 여기 놀러 오는 대부분의 사람들이 이 핫도그로 점심을 먹지 않을까 하는 생각이 들 정도로 뉴욕에 있는 다른 지점들과 비교해서 손님이 정말 많다.

사실 자동차를 타고 가게 되면 뉴욕도 한국과 비교는 안 되지만 교통체증이 심각하기 때문에 주말에 놀러 가기가 부담스러울 수 있다. 이런 점에서 LIRR이나 지하철을 통해 한 시간 이내에 갈 수 있는 이 휴양지들은 5일 내내 바쁘게 생활했을 뉴요커들에게 큰 힐링 공간이 아닐까 싶다.

The City of Long Beach is among Long Islands most popular oceanfronts come summer.
도시 가까이에 바닷가가 있다는 것은
정말 축복이 아닐 수 없다

병원에서
크리스마스를 즐기는 법

"미스 킴, 크리스마스 파티에 올 거지?"

크리스마스이브 3주 전부터 수간호사 윌슨은 빨강색과 청록색의 데코레이션들로 병동을 꾸미기 시작했고 나도 일이 많이 바쁘지 않아 일손을 도왔다. 윌슨은 요즘 크리스마스를 축하하지 않는 사람들이 많아져 예전처럼 떠들썩한 분위기가 나지 않는 게 영 아쉽다고 했다. 연말이 되면 환자들이 다들 집으로 돌아가고 싶어 해서 병동은 평소보다 한산한 편이다.

매년 크리스마스 무렵이면 자코비 병원 트라우마(trauma) 파트(외과계 중환자실, 준중환자실, 3A 병동)에서는 간호사들, 간호조무사, 병원 사무원(hospital clerk)들 중 스케줄이 되는 스텝들이 모여서 파티를 연다. 장소는 매년 바뀌는데, 내가 근무하던 해에는 맨해튼에 위치한 가게의 넓은 홀을 빌렸다. 파티를 즐기는 편은 아니지만 미국 간호사들의 파티가 궁금하기도 했고 그날 밤 근무자들을 제외하고 전원 참석한다고 하기에 일단 티켓값 80달러를 냈다. 파티를 알리는 작은 포스터가 병동마다 붙여졌고, 뷔페 식사가 포함되고 DJ를 초대할 예정이라고 했다.

드디어 크리스마스이브 날이 되었다. 그날 휴무였기 때문에 마마 킴 선생님과 만나서 함께 차를 타고 파티 장소를 향했다. 나는 2주 전에 H&M에 가서 산 망사로 된 시스루 원피스를 입고 5cm 정도 되는 검정색 힐을 신었다. 마마 킴 선생님도 드레스라기보다는 연두색의 정장 느낌이 나는 원피스를 입었다. 8시부터 시작인데 8시 20분쯤 도착한 우리는 아는 사람들과 반갑게 인사를 하고 음식을 접시에 가져와서 자리에 앉았다. 테이블 위에는 샴페인과 와인이 있었지만 다음 날 아침에 근무하는 사람도 많았기 때문에 부어라 마셔라 하는 분위기는 아니었다.

밤 근무를 하는 비트리스(Beatrice)는 노란 아프리카 전통 의상을 입고 왔는데, 그 모습이 이색적이고 화려했다. 다음으로 중환자실에서 일하던 젊은 한국인 간호사의 드레스가 눈에 띄었다. 끈이 없는 튜브 톱 드레스였는데, 전체가 반짝이로 수놓아져 있고 몸에 딱 달라붙어 글래머러스한 몸매가 드러났다. 파티에 온 다른 스텝들도 화려한 가발을 쓰고 노출이 심한 드레스를 입었는데 병원 유니폼만 입은 모습을 보다가 이런 곳에서 보니 같은 사람이라는 생각이 들지 않을 정도였다.

병동마다 테이블이 따로 분리되어 둥근 테이블에 둘러앉았다. 내 옆에는 윌슨과 마마 킴이 앉아 있었고 바로 대각선에는 삼마루와 데이빗의 모습이 보였다. 한 시간 정도 밥을 먹으며 수다를 떨고 있었는데, 한 해 동안 고생이 많았다는 디렉터의 짧은 연설을 끝으로 디제잉이 시작되었다. 테이블 앞쪽에 무대가 있었고 DJ는 사람들을 앞으로 불러냈다. 우리나라의 클럽처럼 그냥 음악을 틀어놓고 춤을 출 줄 알았는데, 갑자기 DJ가 앞에 서더니 자기가 추는 춤을 따라하라고 했다. 음악은 조금 오래된 팝송들이었고 그중에 내가 아는 음악은 비틀즈의 'Yellow Submarine'과 빌리지 피플의 'Y.M.C.A.'뿐이었다. 무대로 나가지 않으려고 했는데 모두 나가니 어쩔 수 없이 따라 나섰다. 동료들과 신나게 춤을 추며 노는 사이 시간은 밤 10시를 넘어가고 있었다. 브루스 타임에는 삼마루의 손에 이끌려 나온 마마 킴이 기꺼이 파트너가 되어 주었다.

한국의 병원에서도 연말 파티를 한 적이 있었는데, 신입 간호사에게 장기자랑을 시키는 바람에 동기들과 함께 1개월 동안 소녀시대 춤을 배우러 다닌 적이 있다. 연습을 하면서도 도대체 누구를 위한 파티인지 혼란스러웠던 기억이 있다. 몸에 달라붙는 상의에 짧은 치마를 입고 춤을 춰야 하는 이런 파티를 기획하는 사람들의 머릿속엔 대체 어떤 생각이 들어차 있을까. 최소한 미국에서는 거북한 권위를 함부로 내세우거나 휘두르는 경우는 없어서 다행이었다.

미국에서의 크리스마스 파티는 평소 일적으로만 대하던 병원 동료들과 개인적인 시간을 가지며 어울릴 수 있었던 즐거운 시간이었고, 한층 더 친해진 느낌이었다. 병원과 집, 학교만 왔다 갔다 하는 뉴욕의 삶에 슬슬 지겨워질 무렵 리프레시가 된 기분이었다. 간만에 다양한 문화권의 사람들과 어울려 파티를 즐기고 뉴욕의 자유로움과 여유를 만끽할 수 있었다. 동료들과 그동안 하지 못했던 이야기도 나누면서 서로가 서로를 인정하고, 인정받고 있음을 느끼며 뉴욕 병원에서 당당히 일하고 있는 내가 자랑스럽다는 생각이 들었다.

미국에서 간호사로
살아간다는 건

"올라, 코모 테 야마스? 돈데 에스 타모스? 께 디아 델 메스
에스 오이?

(안녕, 이름이 뭐야? 여기가 어디야? 오늘 몇 월 며칠이야?)"

　환자의 지남력과 상태를 알기 위해 간호사들이 병원에서 가장 많
이 쓰는 스페인어들이다.

　나는 뱃지(Betsie)로부터 스카이프로 스페인어를 배웠다. 뱃지는 남
아메리카 페루의 수도 리마에 살고 있는 25살 스페인어 선생님이다.
나는 한국에 있을 때부터 스페인어에 관심이 있긴 했다. 미국에 가면

스페인어를 사용할 기회가 영어만큼이나 많을 것이라는 얘기를 들어서 미국에 오기 전에 두 달 정도 스페인어 학원을 다녔는데, 두 달 공부한 걸 써먹기엔 어림도 없었다. 처음 일을 시작하고 적응하느라 정신이 없었는데, 어느 순간 스페인어를 쓰는 환자들이 정말 많음을 체감했다. 그리고 스페인어를 사용하는 환자들만큼 스페인어를 구사할 줄 아는 간호사들도 많았다. 그중 한 명이 내가 제일 좋아하는 데이빗이다. 환자와 의사소통이 되지 않을 때 기본적으로 침상 옆에 전화기로 병원 통역을 사용하는 것이 정상이지만 간단한 것까지 계속해서 전화로 통역하는 것은 매우 번거로운 일이다. 그래서 라틴계 환자들을 간호할 때 언어와 관련해 어려운 점이 있으면 각 병동에 스페인어를 할 수 있는 스텝을 찾아가 도움을 청하는데, 그때 데이빗이 일하는 날이면 마음이 편해진다.

병원에서 일하면 최소한 하루에 한 명은 스페인어를 모국어로 가진 사람들을 만나게 된다. 내가 보았던 사람들, 특히 여자들은 대부분은 영어를 한마디도 못하는 사람들이었다. 이런 환자들을 대할 때 나는 너무 답답한 심정에 사로잡혔다. 하지만 나뿐만 아니라 말이 잘 통하지 않는 병원에서 혼자 병실에 누워 있어야 하는 환자의 심정은 어떨지 미안한 마음이 들기도 해서, 본격적으로 스페인어를 배우기로 결심하게 됐다.

이렇게 스페인어를 배우기 시작하면서 병동에서 라틴계 환자들을 만나면 내가 배운 스페인어를 써먹기 시작했다. 스페인어를 하는 환자가 나타나면 내 환자가 아니더라도 침상으로 다가가서 말을 시키고 필요한 게 있으면 도와주기도 했다. 환자들은 서툴게나마 스페인어를 구사하는 내 모습을 재미있어 했고, 발음 교정도 해주었다.

그 나라의 언어를 안다는 것은 그 사람의 마음을 얻을 수 있는 가장 큰 무기가 아닐까 하는 생각이 든다. TV에 나오는 외국인들이 한국어를 모국어처럼 사용하거나 한국어를 처음 접하는 사람들이 한글의 음을 따서 자기 나라 언어로 표시해 놓고 읽으며 공부하는 모습을 보면 은연중에 그 사람에게 정이 가고 좋은 사람이라는 생각을 갖게 된다.

언어적 커뮤니케이션에 있어서 사실 나는 스페인어보다는 영어 문제로 고생을 했다. 한국에서부터 영어와 함께한 지 20년이 넘어가지만, 학교에서 배우던 것과 실제로 사용하는 것은 차원이 달랐다. 상대방이 내 말을 못 알아들을까 미리 걱정이 돼서 자신감이 없어지니 입을 아예 닫아버리기도 했다. 지금은 의사소통이 원활할 정도로 사용하긴 하지만 원어민에 비하면 아직 많이 부족하다.

미국에서 일하는 한국인 간호사들은 업무에 대한 책임감, 성실성 및 수행 능력에 대해 다른 나라 사람들보다 우월하다는 호평을 받음에도 불구하고 언어 장벽의 문제로 업무상 불이익을 받는 경우가 많다고 한다. 하지만 미국 병원에서 일하기에 충분한 영어 수준이라는 것은 없다. 정해진 바도 없고, 점수를 기준으로 설정해 둘 수도 없다. 영어는 내가 적응해야 하는 새로운 환경 중 하나일 뿐이고, 적응해야 하는 두려움이다. 기본적인 의사소통이 가능하다면 크게 문제가 되진 않을 것이고 완벽하진 않더라도 계속해서 배우려는 자세와 마음가짐이야말로 미국 생활을 위한 첫 번째 열쇠가 될 수 있다.

언어적 커뮤니케이션에 신경 쓰느라 놓치지 말아야 할 것이 있다. 언어적 커뮤니케이션도 물론 중요하지만 비언어적 커뮤니케이션도 간호사가 갖추어야 할 역량 중에 하나라고 생각한다. 예를 들면 치매 환자 혹은 다른 나라 언어를 사용하는 환자를 간호할 때 환자가 말하려는 것을 잘 관찰하고 표정이나 목소리에서 느껴지는 환자의 마음을 잘 파악해서 간호해야 한다. 언어를 모를지라도 표정이나 목소리 등은 어느 나라 환자든지 동일하기 때문에 영어나 스페인어에 능통하지 않더라도 환자의 얼굴과 행동에서 심리를 읽어낼 수 있는 예리하고 세심한 태도가 필요할 것이다.

뉴욕이라는 도시는 전 세계의 많은 사람들이 모이는 곳이다. 그러다 보니 다른 지역보다 인종차별이 덜하고 영어가 반드시 필수조건인 것도 아니다. 다만 전문직에 종사하는 사람이라면 영어를 피할 수 없다. 언어는 그 나라에 가서 배우는 것 이상의 배움이 없다. 가능하면 우선 떠나라고 말하고 싶다. 막상 여러분들이 미국이라는 곳을 가보면 상상했던 곳과는 다를 수 있다. 하지만 확실히 미국은 그곳에서 얼마나 내가 노력하는지에 따라서 계속해서 기회를 주는 땅이다. 몇 년 동안의 미국 간호사 생활을 통해서 느낀 미국 간호사의 특징은 지속적인 자기계발을 통해 그 자리에 머물러 있지 않는다는 것이다. 그들은 나이와 전혀 상관없이 계속해서 자격증(certificate)을 따고 박사과정을 거치며 자신의 가치를 높인다. 굳은 결심이 있다면 그 안에 자신을 던져보기를 권한다. 앞에서도 말했지만 당신은 혼자가 아니다. 뉴욕에서 만날 인연들이 당신에게 길을 알려줄 것이다.

에필로그

먼저 미국에서 간호학 공부와 병원 일을 하면서 알게 된 인연들부터, 현재 한국에서 간호학 박사 과정 중 만난 모든 인연들에게 감사의 마음을 전한다. 국적과 인종에 관계없이 다양한 사람들과의 만남은 계속해서 나를 발전시킬 수 있는 원동력이 되었다. 또한 그 원동력에는 내 꿈과 목표에 대해 끊임없는 격려와 조언을 해 주고 나를 믿어준 사랑하는 부모님과 동생이 있었다. 그 모두에게 진심으로 감사를 전하고 싶다. 그리고 지금 박사 과정을 밟는 동안 세심하게 지도해 주시는 신나미 교수님과 김성렬 교수님을 비롯하여 같이 공부하고 간호학 연구를 위해 힘쓰고 있는 동료들 덕분에 이 책을 끝까지 완성할 수 있었다.

한국에서 간호대학을 다니고 대학병원에서 일하면서 만나게 된 간호사들 중에는 미국에 가고 싶어 하는 사람들이 많았다. 하지만 실제로 결단을 내리고 미국으로 떠나는 사람은 아주 드물었다. 아마도 가족과 친지가 없는 외국에서 홀로 살아나가야 한다는 두려움이 떠나기를 주저하게 만드는 가장 큰 이유가 아닐까 싶다. 하지만 미국에서의 간호사 생활을 꿈꾸는 간호학과 학생들이나 간호사들에게 가장 해 주고 싶은 말은 일단 도전해 보라는 것이다. 도전을 할 수 있는 시기는 많지 않고, 너무 힘들어서 원점으로 돌아오게 되더라도 그 과정 자체가 자신의 성장에 큰 도움이 될 것이라 생각한다. 나의 경우에도 고등학교 때부터 그려온 꿈이었으면서도, 20대 후반에 가족과 직장을 떠나 홀로 미국에 가는 것은 쉽지 않은 선택이었다. 그래도 일단 도전해 보자는 마음으로 미국으로 떠났고, 힘든 순간들을 이겨내고 일과 생활에 어느 정도 적응하게 되었다. 만약 당신이 미국 생활을 경험해 보고 자신과 맞지 않는다는 생각이 든다면, 그때 돌아와도 늦지 않는다. 한국에 돌아와 간호 관련 직종에 다시 종사하더라도 미국에서의 경력은 큰 도움이 될 것이다.

한국에서는 간호학과 졸업 후 병원에서 3교대 근무를 시작하면, 자신의 삶을 돌아보고 생각할 겨를이 점점 없어진다. 이 글을 읽는 독자들은 대부분 간호학과 학생이거나 현직 간호사일 텐데, 좀 더 나은 선진 의료환경에서 꿈을 가지고 도전해 보길 권한다. 기회는 우연히 찾아오는 것이 아니라 스스로 만들어 나가는 것이다. 이왕 간호 분야에서 일할 것이라면, 긍지를 느끼고 경제적 자유도 만끽할 수 있는 미국 간호사에 도전해 보길 바란다. 혹시 이미 오랫동안 간호사 생활을 했거나 다른 일을 하고 있는 사람이라 해도 늦지 않았다. 미국의 경우 나이는 정말 숫자에 불과하기 때문에 본인이 건강하고 체력만 따라준다면 60대까지도 일할 수 있고, 국립 병원에서 10년 이상 근무하면 퇴직 후 연금을 받을 수도 있다. 이렇듯 자신이 진정으로 하고 싶은 것이 무엇인지 생각할 시간과 기회를 주는 미국에서 삶의 행복과 가치를 높이는 또 다른 가능성을 찾아보길 바란다.

간호사를
인터뷰하다

김지은 (FNP)

현재 미국 뉴저지주 테나플라이(Tenafly)라는 곳에 거주하며 FNP(Family Nurse Practitioner)로서 한인 커뮤니티에 있는 병원에서 일하고 있다. 2009년에 한국 국립의료원 간호대학을 졸업하고, 2010년 상반기 6개월간 성남의 보바스 병원에서 RN으로 근무한 뒤 브롱스의 레만 대학(Lehman colleg, CUNY)에 RN-BSN(간호학사 편입) 과정으로 입학했다. 같은 대학에서 학사와 석사를 마쳤는데, 이후 브롱스 자코비 병동에서 RN으로 5년간 근무한 뒤 NP가 되었다. 현재 소득은 세전 130,000달러 정도이다.

미국에 오게 된 계기 간호사가 되기 위한 공부를 늦게 시작한 편이다. 서른여섯에 이대로 가정주부로만 살아가기엔 삶이 지루할 것 같다는 생각이 들었다. 당시엔 미국에 가고 싶다는 생각 같은 건 없었고, 단순히 새로운 경력을 만들고 싶었다. 그런데 마침 내가 다니던 학교에서 각종 RN-BSN(간호학사 편입) 과정에 미국 연수까지 할 수 있는 프로그램을 운영해서 기회가 된다면 미국에서 한번 공부해 보고 싶다는 꿈을 갖게 되었다. 운 좋게도 기회는 현실이 되어 결국 이곳에 자리 잡게 되었다. 아이들도 있다 보니 혹시라도 아이들이 미국생활에 적응하지 못하면 다시 한국에 돌아갈 생각까지 해 두었지만 다행히 아이들이 잘 적응해주었고, 나 또한 공부를 마치고 시작한 RN 일이 기대 이상으로 만족스러워서 NP까지 목표로 하게 되었다. 공부와 일을 병행하는 건 쉽지 않은 일이었지만 가족들의 아낌없는 지원 덕분에 여기까지 올 수 있었다.

현재의 삶 현재 NP로 일하고 있는데, 뉴저지에서는 NP가 아직 독립적으로 일할 수 없기 때문에 내과, 소아과를 겸하는 곳에서 한국인 의사와 같이 협력하여 일하고 있다. 의사들이 인턴과 레지던트 과정을 밟는 것과 마찬가지로 3,000시간의 임상 기간 동안 의사의 감독하에 일해야 한다. 그 뒤 협력관계로 일할 수 있다. 내가 일하는 병원은 한인 커뮤니티에서 30년 가까이 된 곳이라, 대부분의 환자가 노인층이고 당뇨, 고혈압, 고지혈증, 심장병, 천식 등 만성질환을 가진 분들이 가장 많다. 하루에 보통 15명, 많으면 30명 정도의 환자를 직접 진료·진단하고 처방을 내리는데, 결코 적지 않은 업무량이지만 환자와 유대감을 형성하며 환자의 상태가 호전되는 것에 큰 보람을 느낄 수 있다. 그 심적 보상이 무엇보다 이 일을 계속할 수 있게 만드는 가장 큰 원동력이다.

하고 싶은 말 새로운 환경에서 살아보고 싶다는 꿈이 있다면, 공부든 일자리든 일단 새로운 환경 속으로 떠날 수 있는 계기를 만드는 것이 중요하다. 그 다음은 그때그때 상황에 맞춰 준비해도 된다. 한국에서 아무리 많은 준비를 해도 실제로 와 보면 한계가 있음을 절실히 느낀 순간들이 있었다. 그나마 필요한 것들이라고 하면, 먼저 기본적인 의사소통이 가능한 영어 실력이다. 살아가는 데 꼭 필요한 수준만큼이어도 괜찮다. 어차피 영어는 이곳에서 생활하는 한 계속해서 공부해야 할 영역이니 배우고자 하는 마음가짐만 있으면 된다. 급료는 한국보다는 더 높은 편이지만, 그만큼 지출(집세 등)도 큰 편이라는 점을 고려해야 한다. 미국은 노동권을 준수하는 나라인 만큼 업무환경은 좋을 수 있으나 보이지 않는 차별을 겪을 수도 있다. 미국에서 살고 싶은 이유는 개개인마다 아주 다양하겠지만 결국 사람 사는 곳은 다 똑같고, 환자들은 특히 마찬가지이다. 그래도 어쩌면 간호사라는 일은 외국인으로서 일하기 수월한 편이라고 할 수 있다. 환자들은 인종에 상관없이, 언어에 상관없이 대부분 비슷한 요구들을 하니 말이다. 간호라는 일에 열정이 있고 환자를 돌보는 일이 삶에 의미가 있다고 생각한다면, 그 생각과 열정으로 외국에서 사는 삶도 도전해 보는 것이 좋은 경험이 될 수 있을 것이다.

이은지 (LA RN)

캘리포니아 LA 중소종합병원 내외과 병동에서 근무하고 있는 8년차 간호사이다. 한국에서 4년 근무 끝에 미국에 와서 4년을 더 근무했고, 현재 세전 약 80,500달러 정도를 받고 있다.

미국에 오게 된 계기 미국에 언니가 살고 있어서 1년 정도 영어공부 겸 휴식과 관광을 위해 왔다가 우연한 계기로 에이전시를 알게 되어, 미국 간호사에 도전하게 되었다.

하고 싶은 말 일단 미국 간호사는 주 3일, 12시간 근무이기 때문에 여유시간이 많고 자유로운 분위기에서 일할 수 있다는 게 큰 장점이다. 또한 본인의 체력만 된다면 세컨잡(파트타임)을 하는 것도 자유롭기 때문에, 역량에 따라 돈을 많이 벌 수 있다.

제일 힘든 점은 아무래도 영어였다. 기본적인 의사소통만 가능하면 일은 할 수는 있지만, 한계를 느끼는 부분들이 있었다. 개인적으로 스피킹, 라이팅 스킬을 갖추고 도전하는 것도 좋다고 생각한다. 근래 캘리포니아는 간호사 공급이 늘어서 간호사가 크게 부족하지 않아 예전보다 취업 문턱은 높아졌지만, 경력을 우선시하는 문화 특성상 충분한 경력이 있다면 직장을 구하는 것은 크게 어렵지 않다. 한 가지 유념해야 할 것은 생활비, 특히 월세가 지출의 큰 부분을 차지하기 때문에 체감상 버는 소득이 훨씬 작게 느껴질 수 있다. 여러 가지 사항을 잘 고려해 보길 바란다.

주은미 (뉴욕 RN & 뉴저지 NP)

미국 동부 뉴저지에 거주하면서 뉴욕에서는 RN으로, 뉴저지에서는 NP로 근무하고 있다. 뉴욕 브롱스에 있는 시립 병원에서는 심장/호흡기 클리닉 및 기관지 내시경실에서 풀타임 RN으로 2016년부터 근무 중이며, 뉴저지의 일반내과 및 신장내과에서는 파트타임 NP로 2017년부터 근무 중이다. 뉴욕 시립 병원은 사립 병원보다는 연간 소득이 적지만, 복지혜택이 좋아서 만족하고 있다. 급여는 연차와 직책마다 다르지만, 현재 RN으로는 세전 80,000달러를 연봉으로 받고 있으며, 파트타임으로 근무하는 NP는 시간당 60달러를 급여로 받고 있다.

미국에 오게 된 계기 미국에 거주하는 친척분들이 계셔서 어릴 때부터 미국생활에 관심이 많았고, 간호사셨고 나의 멘토였던 어머니의 조언도 영향이 컸다. 무엇보다도 결정적인 계기는 사랑하는 사람이 미국에 거주 중이었기 때문에 결혼을 하면서 간호학과 졸업 후 바로 미국에 오게 되었다.

현재의 삶 월요일부터 토요일까지 뉴욕에서 뉴저지를 오가며 두 직장에서 각기 다른 직책으로 하루하루 열심히 살아가고 있다. 뉴욕 시립 병원에서 RN으로서 다양한 문화권의 환자들을 만나 간호사보다는 가족이나 친구처럼 다가가며 유대감을 형성하는 것을 좋아한다. NP로서는 의사의 관리 감독하에 질병 예방 및 진료를 함께하고 있다. 매주 토요일이면 투석실에서 환자들을 회진하는데, 필요한 검사와 약 처방을 하고 환자 또는 보호자들과의 인터뷰뿐 아니라, 담당 간호사, 영양사, 사회복지사를 통해 질 높은 간호(quality care)를 제공하기 위해 힘쓴다.

하고 싶은 말 근무하는 병원만 해도 중환자실, 투석실 등 한 분야에서 20년 넘게 근무한 존경스러운 한국 선생님들이 있다. 나는 아직 그만큼 내공을 쌓지 못했지만, 그럼에도 불구하고 미국 간호사를 꿈꾸는 한국의 간호 학생 및 간호사 분들에게 내 이야기를 전하고 싶다. 미국에는 우리가 도움의 손길을 내밀고, 존재해야 할 곳이 많다고 생각한다. 나 자신을 돌아보게 해주고, 계속해서 꿈을 꿀 수 있는 원동력이 되어주는 곳이다. 이곳에서 간호사로 살아갈 수 있다는 건 너무나 감사하고, 자랑스러운 일이다.

현재 미국 뉴저지에 살고 있고, 뉴욕시에 위치한 의과대학 내 임상실험 연구센터에서 일하고 있다. 원래 서울에 있는 대학병원에서 9년 동안 소아혈액종양내과 간호사로 일했고, 같은 병원의 임상실험 연구소에서 1년 반 동안 연구간호사 및 데이터 매니저로 일하기도 했다. 이후 미국 아동병원 간호사로 1년 반, 뉴욕 시립 병원 간호사로 1년 그리고 의대 소속 연구센터 연구간호사로 1년 반 동안 RN으로 일하다가, 현재는 연구직 NP로 임상실험 연구센터에서 일하고 있다.

미국에 오게 된 계기 간호사로서의 연차와 경력이 쌓일수록 더 많은 지식과 정보에 대한 갈증을 갖게 되었다. 처음에는 국내 대학원을 진학하여 전문간호사가 되려고 했으나, 이왕 공부하기로 마음먹었으니 더 많은 정보를 얻고 더 많은 경험을 하자고 결심했다. 결국 미국에서의 NP 과정을 선택하게 되었다.

현재의 삶 연구직 NP로 일하면서 가장 좋은 것 중에 하나는 일단 주어진 일이 끝나면 다른 업무 외적인 일은 신경 쓰지 않아도 된다는 점이다. 또한 너무나 당연한 얘기지만, 병원 지원 시에 나이나 출신 대학에 구애받지 않고 채용 자격 요건이 충족되기만 하면 누구에게나 동등한 기회가 주어진다. 그리고 무엇보다 중요한 건 간호사의 경우, 임상 경력이 많고 풍부할수록 미국 병원에 채용될 확률이 더 높아진다는 것이다.

김지연 (한국 간호학 박사과정 재학)

고려대학교 간호대학에서 박사과정을 수료하고 연구원으로 활동하고 있다. 대학병원 중환자실에서 10년, 간호협회에서 1년 4개월, 수원여자대학교 조교수로 11개월 동안 일하기도 했다. 현재 박사학위를 수료하고 1년이 다 되어가는데, 연구원 생활은 박사과정 2학기부터 시작해서 3년이 조금 지났다.

간호학 박사를 시작하게 된 계기 우연히 찾아온 기회에 대학교에서 강의를 시작하게 되었다. 학생들을 가르치고 석사를 끝내면서는 박사과정에 대한 계획이나 생각이 전혀 없었는데, 시간강사를 하면서 잘 가르치고 싶은 욕심에 더 많은 것을 알고 싶다는 생각이 들었다. 한편으론 어릴 적에 가졌던 막연한 꿈이 다시 피어나는 것 같아 용기를 내어 박사과정에 지원하게 되었다.

하고 싶은 말 솔직하게 말하자면, 막연한 기대감만으로 박사과정에 지원하는 것은 말리고 싶다. 겉으로 보기에 학문을 연구하는 모습이 멋있게 보일 수 있겠지만, 곰이 쑥과 마늘을 먹고 인간이 되는 것과 같은 긴 인내의 시간을 버텨낼 수 있어야 한다. 간호학은 다른 분야에 비해 느리게 변하는 것처럼 보일지 모르지만, 우리가 서 있는 이곳은 지구 땅덩어리 중 일부에 불과한 작은 한국이고 간호사는 전 세계에 퍼져 있다. 국내에서만 경쟁하는 것이 아니라 세계와 경쟁한다고 생각한다면, 계속해서 스스로를 채찍질해야 하는 이유가 분명해질 것이다. 넓은 곳을 보고 경험할수록 보는 눈과 생각이 깊어진다. 한국의 간호만이 전부가 아니라는 생각으로, 접하고 경험할 수 있는 새로운 것을 받아들이는 데 주저하지 말기를 권한다. 간호학과를 선택한 후배들 모두 파이팅!